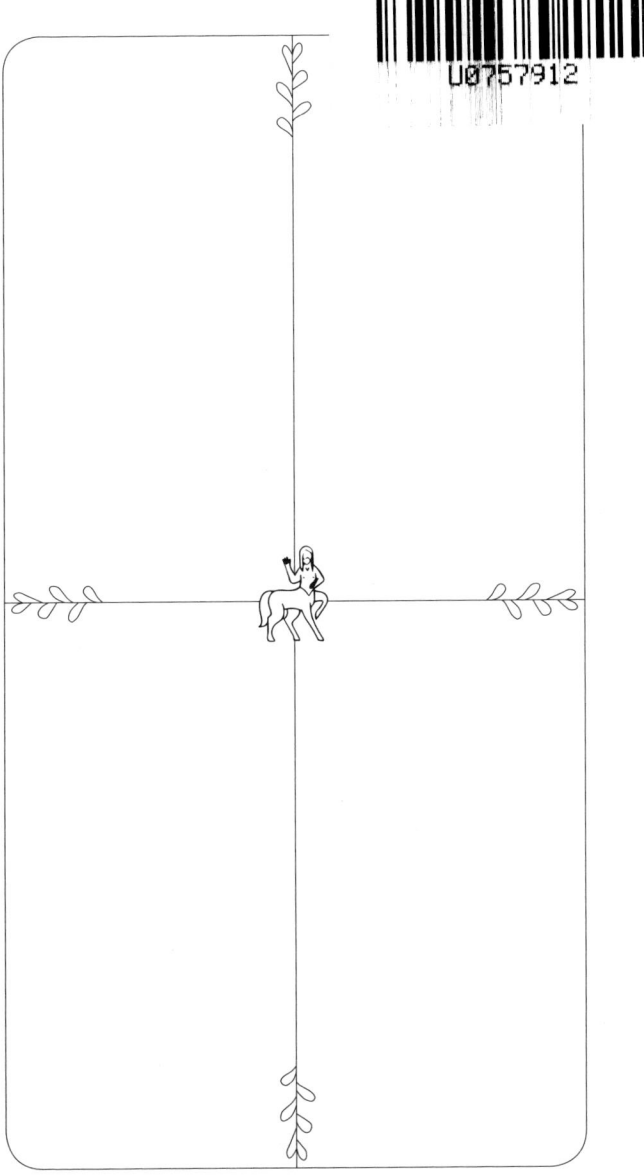

奥 林 匹 斯

LA MYTHOLOGIE

山 上 的

VUE PAR LES

怪 物

MONSTRES

有 话 说

半人马

Moi,

喀戎

Chiron

centaure

[法] 西尔维·博西埃 著   徐洁 译

中央编译出版社
Central Compilation & Translation Press

Sylvie Baussier

N o t e

作者按

d'intention

de

l'autrice

如果我告诉你，希腊神话中的怪物们其实都保有一丝人性；

如果我告诉你，我们每个人的内心都有一处自己不愿面对的隐秘角落……

历史总是由胜利者来书写，我们对此已司空见惯：滑铁卢在英国的教科书里被描述成一场大胜仗，但在法国却不为人知！在神话故事里，忒修斯是大英雄，而米诺陶则成了大坏蛋……

可是，如果我们换个角度，是否可以关注一下"负面人物"呢？

或许，可以请他们来讲述一下自己的故事？

女士们、先生们，亲爱的读者们，现在就请拉着我的手，开启这段奇妙的旅程……

人物介绍
Les personnages

Chiron

喀戎

喀戎属于半人马族,他心地善良,乐观向上。
他一心要将平生所学传授给每一位年轻徒弟,
从救死扶伤、拉弓射箭到识别药草,
可以说是无所不包。

Autres centaures

其他半人马

这几位半人马生性残忍,作恶多端。
喀戎曾多次与他们发生争斗。

Achille

阿喀琉斯

阿喀琉斯是希腊英雄,
是珀琉斯和忒提斯的儿子。
他是荷马史诗《伊利亚特》中的主要人物。
在故事中,希腊人围攻特洛伊城整整十年之久。
到了第十年,也就是最后一年,
他在盛怒之下大开杀戒。

Asclépios

阿斯克勒庇俄斯

阿斯克勒庇俄斯是太阳神阿波罗

和人类公主科洛尼斯的儿子。

科洛尼斯公主最终离开了她那位神界情人，

选择了一个凡夫俗子。

阿斯克勒庇俄斯

是由喀戎抚养长大的。

Apollo

阿波罗

阿波罗是宙斯和勒托的儿子,

阿耳忒弥斯的孪生弟弟。

他是太阳、艺术和预言之神。

Artémis

阿耳忒弥斯

阿耳忒弥斯是宙斯和勒托的女儿,

太阳神阿波罗的孪生姐姐。

她是月亮和狩猎女神,也是野生动物的保护神。

楔子
Prologue

我不知道我的母亲是谁;

也从未见过我的父亲;

我想我没有兄弟姐妹;

也没有任何家人。

即便有,我也不知道他们是谁。

每个人都有父母,对吧?

我要怎样才能知道他们是谁,他们在哪里呢?

我多么希望能和他们说说话,听他们讲讲我的身世,被他们抱在怀里。

可我从未见过一个人影,四周都是森林,不知哪里才是尽头。我只有一个朋友——一棵高大的树,亲切和蔼。它为我遮风挡雨,和我亲密无间。

然而,有一天,我遇到了一个人。

她改变了我的生活。

我想跟你们讲讲这个故事……告诉你们我是怎么认识这些伙伴的。

你们准备好了吗?

接下来就请听听我的故事,一切说来话长。

目录

第一章
我是谁？ / 016

第二章
家族史 / 024

第三章
母亲 / 032

第四章
选择 / 040

第五章
我的朋友 / 048

第六章
半人半神的小孩 / 060

第七章
矛盾 / 068

第八章
命运 / 076

喀戎的传说 / 086
趣味游戏手册 / 100

Table des matières

Chapitre 1

Qui suis-je ? / 017

Chapitre 2

Nos histoires de famille / 025

Chapitre 3

Ma mère / 033

Chapitre 4

Choisir son chemin / 041

Chapitre 5

Mon ami / 049

Chapitre 6

Un jeune héro / 061

Chapitre 7

Conflits / 069

Chapitre 8

Le destin / 077

Le mythe de Chiron / 087

Cahier de jeux / 101

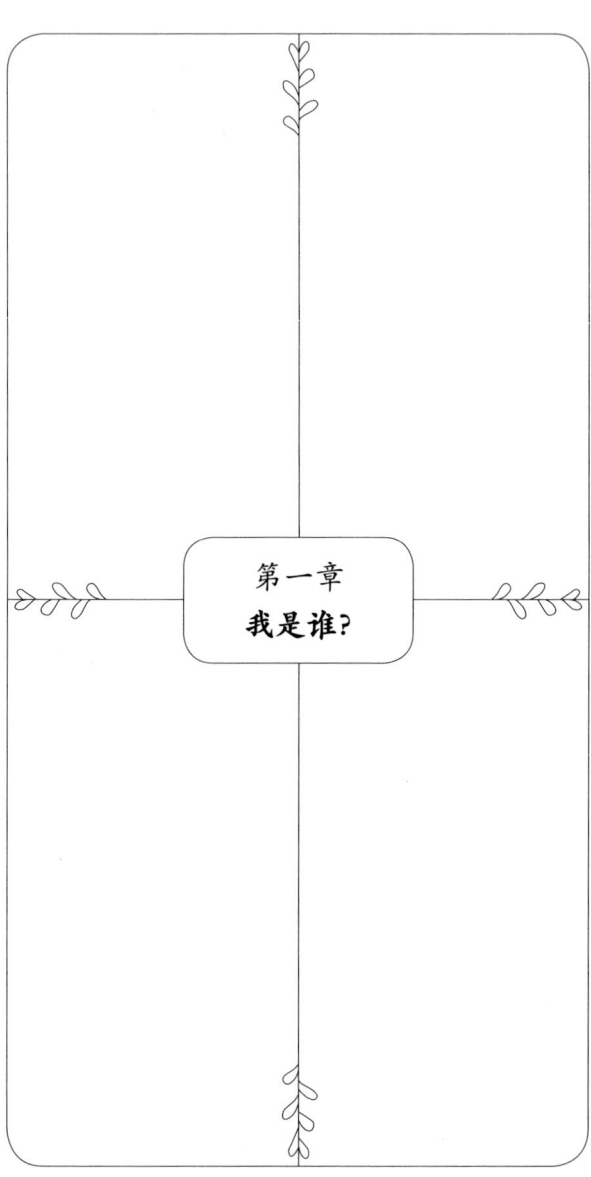

第一章

我是谁?

Chapitre 1
Qui suis-je ?

有一天，我在森林里奔跑。沿途低垂的树枝抽打着我，荆棘划伤了我的脸，可我并没有躲开它们。我渴望感受风儿轻抚我的脸颊，像天空中的云彩一样飞驰。我想要掏空自己的身体，清空自己的脑袋。

我想要忘记那棵给了我一切的大树。

这是我第一次离开它。在这之前，我只在附近走动，找些吃的喝的，从未走远。它为我遮风挡雨，每晚我都在它舒适的树根中间入睡。每当黑夜降临，我感觉到它的叶子轻轻触碰着我，沙沙作响，为我讲故事，在我脑海里绽放出一个个彩色的泡泡：我总是看到同一个女子的身影在林间奔跑，夜夜均是如此，午睡时也不例外。她似乎在尖叫着，我想她是在求助，可她的嘴巴里却发不出任何声音。

我不知道她是谁，却感觉很亲切。

昨天，我同往常一样，拥抱了这棵大椴树的树干——它既是我的避难所、我的家，也是我的伙伴。它又一次颤动起来，仿佛在用汁液与我交谈。我仿佛在脑海里听到了它的话语："孩子，这里很干燥，你常去喝水的那条附近的溪流几乎干涸了。我能感到你皮包骨头,你实在太瘦了,瘦得让我担心。去森林深处找些吃的,找一条别的溪流解渴吧。不用害怕,我在这里等着你回来(它仿佛笑了起来),我是不可能拔出树根逃跑的!"

这就是我在树林中奔跑的原因。我又饥又渴,为了鼓起勇气离开,我必须奔跑。确切来说,是在逃离,逃离我对离开的恐惧。

我发现了一些蘑菇。我仔细观察它们的颜色、菌褶的排列,还有菌帽的形状。我弯下身子,闻了闻它们的气味。我不认识这个品种,它们能吃吗?会不会吃坏肚子?甚至带来更糟糕的后果?我尝了一小口,它们散发着林间灌木和泥土的气息。我采了一些,把它们放进一个用柔软荆条编织而成的袋子里,然后把带子挂在脖颈上,等到日头高悬,要是我随机品尝的食物没让我闹肚子,我就会把剩下的都吃掉。

我在稍远处找到了一些红浆果,这些我都认得。我摘下果子,大把大把地塞进了嘴里。

我的听觉很灵敏:有水声,不远处有水在流动。没错!就在几步开外的地方,有一条小河。我口干舌燥,马上跑到河边跪下来,双手合拢成碗状,大口大口地喝起来。

幸福。

畅快。

就在我想要站起来的时候,我停住了,只见离我十步远的地方,有头野母猪正在喝水。

它身边跟着一群斑纹野猪崽——我知道这意味着什么,一旦它认为我对猪崽构成威胁,就会朝着我冲过来。它又大又强壮,而我,却还很年轻,我可不想招惹它。

突然,我打了一个喷嚏。

它抬起头,鼻子动了动,那双棕色的小眼睛四下开始寻找起来。

不料,它忽然撒腿就跑,猪宝宝们紧随其后。

发生什么事了?

是我吓到它了吗?是我吗?

难以置信。我既不高大,也未发起行动。

突然间,就在野母猪饮水旁边的地方,我看到有支箭插在地上。

有人吓到了它,没错,可那人并不是我。

这个人正朝着我这边走来。我并不比野母

猪更沉得住气。只见这位金发女郎手握一张拉得紧紧的弓,箭已上弦。她两腿生风,仿佛在跳舞。而我却有四条腿,我觉得她模样古怪,我从未见过像她这样的人,或许只是在梦中见过。还有她的脸,端正严肃的面孔上,带着怒气。

她从远处朝我喊道:"喂,就是你!"

我咽了口唾沫,轻声回答:

"唉?"

"你在这干吗?"

"我刚喝水来着……"

"你一定是在窥视我,等着看我洗澡呢!"

她在想什么呢?我甚至都没瞧见她!不过我能感觉到她怒气冲冲,浑身都充满了力量。我必须平息她的怒火,可我该怎么做呢?

"你会在这小河里洗澡吗?"

我话音刚落,先是一阵沉默,接着她突然笑了起来。

"你说得对。这水对我来说太浅了。我刚看到你的时候,还以为你是那些想在我洗澡时偷看我裸体的臭男人,所有那些猎人。"

我伸出双臂,掌心朝向她,表明自己清白

无辜:"我既没有弓箭,也没带狗,我只是在找些吃的。"

我打开包裹,取出之前采到的蘑菇。我吃了它们并没有闹肚子,但现在还是很饿。

我提议说:"你愿意和我一起分享我的食物吗?"

她摇了摇头,回答道:"谢谢,不用了。我更喜欢琼浆和神品。"

"那是什么?在林子里能找到吗?"

她笑了起来。不用说,我有法子逗她开心。就算她在嘲笑我,我还是更喜欢看她笑逐颜开而不是怒气冲冲的样子。

"你打哪来的?居然不认识奥林匹斯山诸神?我们不吃蘑菇,我们饿了就吃香喷喷的神品,渴了就喝琼浆玉液。"

"你叫什么名字?"

"我是狩猎女神阿耳忒弥斯,你呢?"

"我不知道……"

她的目光变得越来越好奇,令我感到越来越不自在。

我有种感觉,她接下来要说的话可能会不讨我喜欢。

"你不知道自己的名字?"

椴树静默的声音在我脑海中回荡。突然间,我知道了自己名字:

"你叫喀戎。"

"半人马喀戎……"

"什么喀戎?"

显然,阿耳忒弥斯的话很奇怪。

我又问了一遍:"半人马喀戎,什么是半人马?"

"他们有人类的头部和上半身,却长着马的身体——就和你一样。我从前见过其他半人马,但我不认为你们是一家子。"

我艰难地咽了口唾沫。

这么说来,我是一个半人马。

第二章

家族史

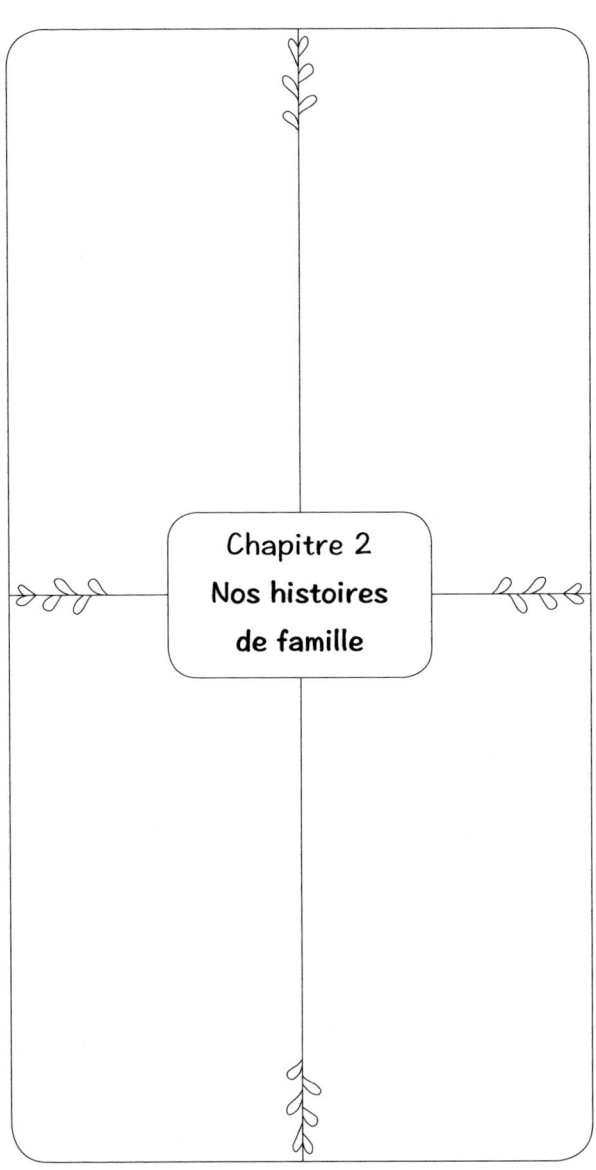

Chapitre 2
Nos histoires
de famille

阿耳忒弥斯把箭放回肩上的箭囊,转过身,准备离开。那我呢?我又会像从前一样孤零零吗?一阵恐慌袭上心头。

还没等拿定主意,我就喊道:"女神!等一下!我……"

我……什么?该和她说什么呢?

她再次转身面对我,扬起眉毛问道:"怎么了,喀戎?"

我脱口而出问她:"你知道我的父母是谁吗?他们和我一样是半人马吗?长着人类的头部和上半身,还有马的身体?我到底是打哪儿来的?"

"你从没见过自己的父母?"

"没有……我没见过任何人。"

"你一个人住在这片森林里?你还这么年轻!"

"是的……我饿了就找浆果、水果和蘑菇充饥,渴了就喝溪水或雨水。我从未远离森林,但我在外出散步时,学会了如何依照太阳或星星的方位来判断方向。我听到了树木的声音……确切说来,是一棵树的声音。"

"真的?即便是我,作为女神,我也不具备这种能力。你能把那棵树指给我看看吗?"

"那得走一会儿……"

我们出发了。夜色渐浓。一开始是慢步前行,接下来,我在不经意间像往常一样飞驰。阿耳忒弥斯矫捷地在我身旁奔跑起来。夜幕完全降临了。阿耳忒弥斯面如银盘,映照出满月的光辉。我们在树干之间穿行,我和蹿出的野兔、跑跳的母鹿嬉戏。我犹豫了一会儿,很快就找到了方向。

不一会儿,我们来到了那棵一直庇护着我的大椴树面前。我走上前,张开双臂紧紧抱住树干。微风中传来的可是树叶的簌簌声,抑或是汁液在枝条里激荡?我听见:"喀戎……你回来了……"还带着某种叹息声。我看看阿耳忒弥斯,她一动不动,稍稍靠后站着。

我问她:"你听见了吗?"

"听见了,我知道你是谁了,告诉你的母亲,我会照顾好你的。"

"我的母亲?"

"是的,这棵椴树,就是你的母亲。"

要是我告诉这位女神她疯了,她准会生气。我还记得她在河边怒气冲冲的样子。

我完全没听懂她的话,但我还是顺从地轻声

说道:"大树啊,女神阿耳忒弥斯会照顾我,我会回来的,我向你保证。"

"去吧!"椴树回答道。

我松开双臂,缓缓地从那棵伸向天空的巍然大物上挪开。我们走啊走,走了一会儿,我忘记了时间和空间的存在。我们走出了森林,踏上一条位于两个陡坡之间的小径,接着走进一片较小的树林。阿耳忒弥斯为我带路,她走在前面,肩膀上扛着箭囊。她身上的气味野性而幽微,钻进我鼻孔里。她时不时会转过身来,问我是否累了,我总是回答说不累。但到最后,我的眼皮开始打架,边走边打起了瞌睡。我们终于停了下来,我太累了……

当我睁开眼睛时,感觉凉飕飕的。我们在一座洞穴里。我躺在沙地上,发觉有两个脑袋正俯视着我:首先是阿耳忒弥斯那张美丽而严肃的面孔;她旁边还有一位小伙子,他的一头秀发愈加金光闪闪,愈加光辉夺目,长着同样弯弯的眉毛、姣好的嘴巴,右脸颊上还挂着一个俏皮的酒窝。

"你感觉怎么样?"女神问我。

这时我才意识到自己已经筋疲力尽,疲惫得就像有一头熊将我的胸口紧紧压住,把我死死地固定在地上。

我镇定地回答:"我感觉很好。"

可我的声音太微弱了。

那个小伙子不禁笑出声来,嗓音悦耳动听:"你看起来可不太好。好姐姐,你害他走了多久?"

"我们花了整整两天才走完我通常一个晚上就能走完的路程!"

"他看起来好年轻!而且他不是神。"

"说到这个,阿波罗,我正吃不准呢。"阿耳忒弥斯低声说道。

她居然知道我这么多事情!

而我对自己的身世却一无所知。

在我记忆的最深处,我只看到过那片森林,尤其是那棵大树,它看起来总是比其他树更强壮、更温柔、更亲切。那棵树,它是我的母亲?我挣扎着坐起来,头有点发晕。那个名叫阿波罗的站起身来,走开了一会儿,随后带回了一个装满清澈液体的杯子。

"喝下这个。"

这不是建议，而是命令，善意的命令。我挺起胸膛，坐在四只脚上，照他的话去做。一杯下肚，五彩缤纷的图像顿时在我的喉咙里流淌，宛如一泓幸福之泉，一种从未有过的宁静穿过我的全身。

"哇！太美味了，太美妙了，太……"

"这是琼浆，小伙子。"阿耳忒弥斯说道，"也就是诸神之饮。既然它对你产生如此强大的作用，那就意味着我的猜测是对的：你是我们中的一员。"

"我是神？我吗？开什么玩笑！你们神会让孩子独自在树林里长大吗？"

一阵沉默，空气里弥漫着尴尬的气息。

阿波罗用一个恼怒的手势打破了沉默："我就像这个半人马一样喜欢打破砂锅问到底。说吧，阿耳忒弥斯。"

他还加了一句："求求你了，好姐姐。"

很明显，我不是唯一一个被狩猎女神的话震住的人。

她叹了口气，对我们说出了实情："我听说过一段克洛诺斯爷爷的往事，但我不愿意相信。他树敌太多了……不过，这个年轻的喀戎，这个没人管的半人马小伙子……他一定是克洛诺斯的儿子。"

阿波罗反驳说:"克洛诺斯老了,可这半人马还是个孩子,你的说法站不住脚。"

"老了也是神,拥有不死之躯。有神力,也有缺点,比如说撒谎、欺骗、不考虑别人的感情。"

"呃,并不都是这样的!"阿波罗咕哝道。

"希望如此。无论如何,克洛诺斯的名声可不怎么好……不是吗?他把自己所有的孩子都一口吞了,还好有宙斯把他们从他肚子里解救了出来。他……"

我忍不住打断了他们的对话:"好吧,你们的家族史很有意思,可那与我有什么相干?那个不怎么友善的神,克洛诺斯,如果我没会错意,他就是我的父亲?那为什么我下半身是马呢?"

"我这就告诉你们。"阿耳忒弥斯说着,重新倒了一杯琼浆,她自己也喝了一杯,仿佛要汲取勇气才能开始讲故事。

她讲故事的方式可不一般,只见她一挥手,整个故事场景顿时出现在眼前,仿佛就在我们眼皮子底下,就在这洞穴里,一场小型木偶戏就这么活灵活现地开演了。

第三章
母亲

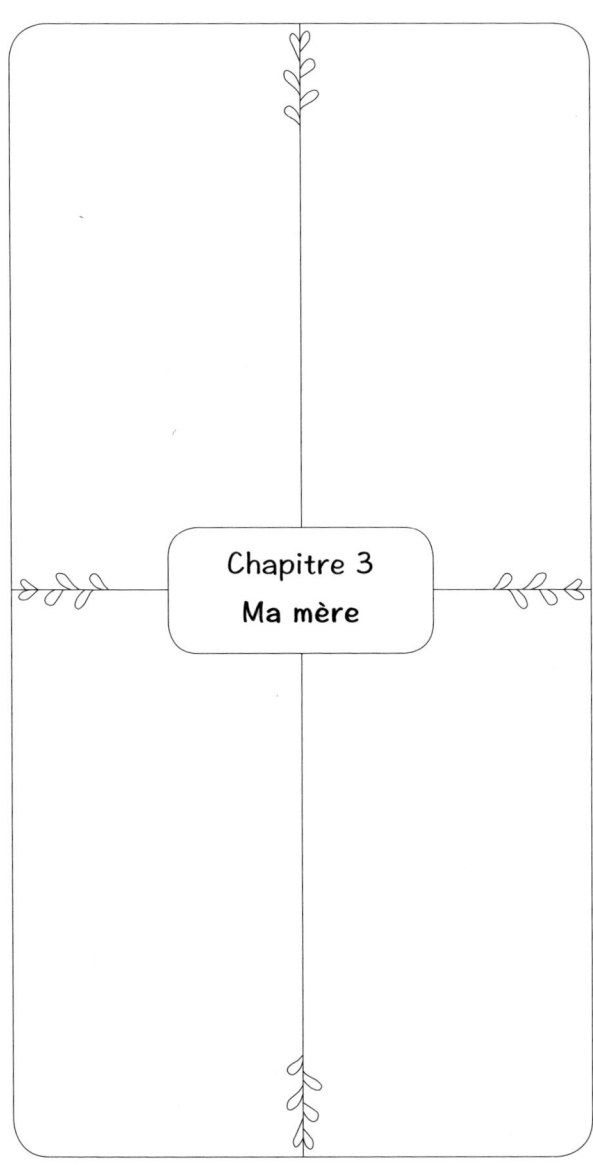

Chapitre 3
Ma mère

整个故事场景就像小型木偶戏一样,在我们洞穴的中央生动开演,就像是真实发生的一样。这种未知魔法令我摸不着头脑。这时,一个巨大的身影推开了巨大的树枝。他满脸胡须,迈开双腿奔跑,同阿耳忒弥斯和阿波罗一样。我听到他沉重的喘息声。同周围树木比起来,他是如此高大!

眼看着这怪人在小树林里横冲直撞,我忍不住问道:"您为何跑得这么急?是遇上什么危险了吗?"

在一阵短暂的沉默之后,阿耳忒弥斯笑了起来,然后向我解释道:"他听不到你说话,他不是真的在这里。"

"这是魔法吗?"

"随便你怎么称呼它。最要紧的是,如果你想听故事,就乖乖听着。我说的故事可是你的身世。召唤一个过去的场景需要耗费很多能量,尤其在我从未身临其境的情况下。现在就是这个情况,而且我不能马上召唤第二次,不然就太累了,所以请专心看着。你要是有什么疑问,可以请教阿波罗。"

阿耳忒弥斯蹲下身，将指尖放在太阳穴上，再次将注意力集中在她召唤的场景上。

我注视着眼前在洞穴中央展现的景象。那个巨人始终在奔跑，可能比刚才跑得更快了，他横冲直撞。

突然，我用颤抖的声音喊道："在那里！在他前面！"

在这个两腿生物的前面出现了一个纤弱的影子，这个影子也长着两条腿。我认出来了，这就是在我梦境中经常出现的那个倩影。看来，她似乎在想办法逃脱巨人的追逐。

我感到愤怒："他们究竟是谁？我彻底糊涂了！"

阿波罗看着他的姐姐。我觉得他并不怎么愿意向我解释他姐姐刚才展现在我们眼前的那场追逐的意义。可她一动不动，始终紧闭着双眼。阿波罗没等阿耳忒弥斯开口，就伸出手指指着那个巨大的形状，接着指指另一个："那边那个神就是克洛诺斯。在他前面的，则是海神俄刻阿诺斯的女儿水泽仙女菲吕拉。菲吕拉不喜欢克洛诺斯，可他却不愿放过她。瞧，有什么东西悬在空中，就在森林的正上方：那是克洛诺斯的妻子瑞亚。她正在看着地球上发生的一切，想知道她的丈夫在搞什么鬼。"

突然间，瑞亚什么也看不见了：克洛诺斯大手一挥，一片浓密的云雾笼罩了整座森林。我弯下腰，想要看得更仔细些——我简直不敢相信自己的眼睛：只见克洛诺斯再次挥动大手，他追逐的那个女子就变成了一匹浅色的母马，而他自己则摇身一变，扮成黑色公马的样子。现在，两匹马你追我赶，飞驰起来。化身公马的克洛诺斯穷追不舍，逐渐赶超。越来越近，越来越近，他终于追上了母马，一口咬住了她。接下来就什么都看不见了……

一时间，洞穴中央浓雾缭绕。接下来，新的场景出现了：公马已然消失，只剩下那匹母马，她正在舔舐着一头小小的……一头小小的……半人马。

她正满怀怜爱地为他清理毛皮，但时不时地停下来，用人类的声音叫喊着："克洛诺斯！克洛诺斯！你在哪里？快来！马上！不然我就告诉瑞亚，说你强暴我，生下了一个儿子,而且他长着一副奇怪的身体。"

我轻声问阿波罗说:"这个孩子……就是我吗?"

"是的,就是你,半人半马。这都要怪克洛诺斯,他使下诡计,用变形术勾引猎物上钩。"

画面再次暗沉下来,克洛诺斯又一次出现在森林中,那大脚巨人的模样着实让我害怕。

他浑身发抖,怒气冲冲:"你一个字也不会说的,菲吕拉。"

"是吗?谁能阻止我说话呢?"

"看招……"

母马只来得及发出一声尖叫,就一声,转眼她就消失了。在她原先的位置上,出现了一株大椴树,叶子低垂,像眼泪一般滚落下来。

那场景已消失许久。我始终闭口不言,仿佛被麻痹了一样。

阿波罗把手放在我的肩膀上,问道:"小家伙,你还好吗?"

你觉得我能怎样？我刚知道我的父亲是个渣男，我的母亲被变成了一棵大树，我总不见得为此欢呼雀跃、欢欣鼓舞吧！我在这世上无依无靠。

一片寂静。

"您提到过还有其他半人马，我们是否属于同一家族？"

一种疯狂的希望让我的嗓音发颤。我是否有兄弟姐妹？有别的家人？他们是否长得和我相似？

阿耳忒弥斯睁开眼睛，从恍惚的状态中清醒过来，她的一席话让我回过神来："确实存在其他的半人马，他们比你年长得多，但你们不是一个家族的，而且……"

"怎么？"

"我不敢肯定你们是否会相处融洽。"

"为什么？"

"可以说他们并不总是很……友好。"

我耸了耸肩，不确定是否还想听下去。还有个问题更为棘手：接下来我会变成什么样子？

在森林里的时候，我感到孤独，可至少还有那棵树在那里，要怎样才能回到我的母亲身边生活呢？她动弹不得，无法将我抱在怀里，也根本无法和我交流，除了在我脑海中。也许她是爱我的……可我没准会让她想起克洛诺斯、那次追逐，还有她的变形。

泪水顺着脸颊流了下来，被我用手愤怒地抹去。阿波罗看看阿耳忒弥斯，阿耳忒弥斯看看阿波罗，这两位似乎在用意念交流，就像我和母亲一样。

阿耳忒弥斯提议道："留下来和我们在一起，喀戎。"

阿波罗点点头，支持他姐姐的提议，还明确表示："你将成为我们的小弟弟。我们会教给你我们所知道的一切。"

他们都知道些什么？我一无所知。但是此时此刻，他们收留了我，这才是唯一要紧的。

我犹豫了片刻。毕竟，我对他们了解甚少。但我的内心告诉我：他们值得我信任。

因此，我沙哑着喉咙，激动地回答："好的。嗯，好的。谢谢。"

第四章

选择

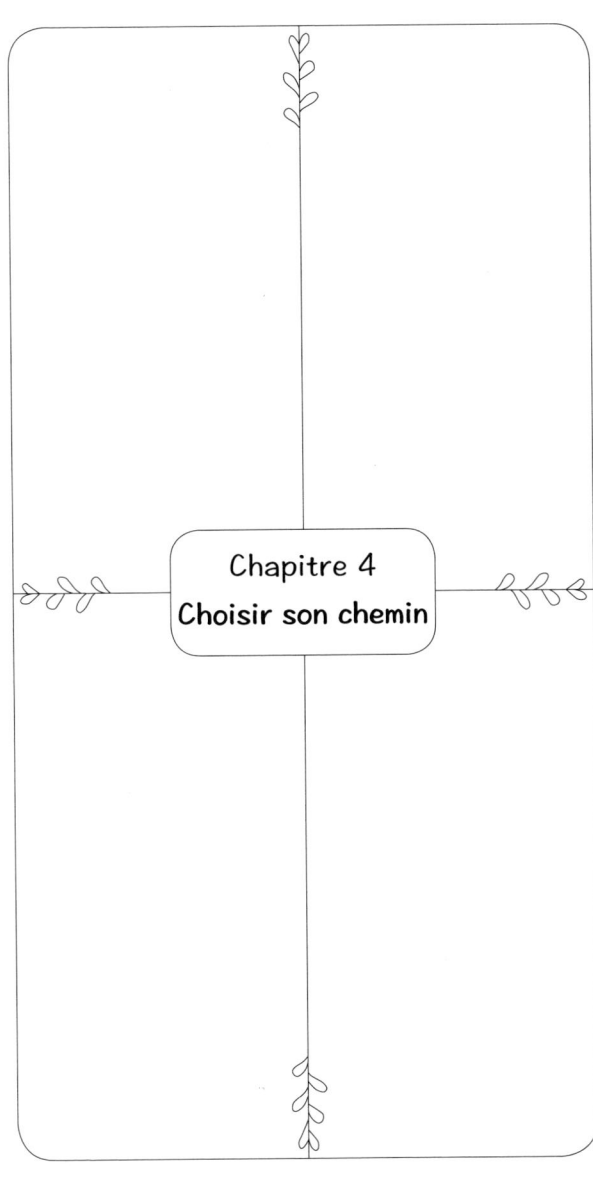

Chapitre 4
Choisir son chemin

三年过去了,我的个子已超出阿波罗一头,强健的肌肉在成年骏马的光亮毛皮下线条分明,我人类的躯干和胳膊充满力量。我的两位保护者花了很多时间来培养我,教我认识各种植物、观察飞禽走兽、医治伤病、拉弓射箭,他们还教我如何控制情绪,有时情绪会让我昏了头……尽管他们俩中的一个时不时会失踪几天,甚至好几个月,可他们总能做好安排,让我不至于孤零零的。假如有一个启程去探险,另一个就会留在我身边。

这一天,阿波罗向我发起挑战:"喀戎,我俩谁能将箭射中我插在那边木桩上的橄榄?"

这么小的一颗橄榄?我的心顿时悬到喉咙眼:我害怕失败,害怕让我的老师失望。

于是,我挺直了身体,肩膀朝后仰,强迫自己挤出一丝狡黠的微笑:"当然是我,我会成功的,谁让你已经如此出色地教会了我射箭呢!"

"那我呢?我就做不到吗?"

阿波罗是在打趣我、假装生气,还是他真的生气了?他也是很骄傲的,我可不能忘记这一点。

我回答道:"我的意思是我可以做到,但并没有说你不能,我们俩都很有天赋。"

他微笑着,欣慰地说:"我为你感到高兴,喀戎。你的学识并没有让你变得自负,你依然保持谦逊,这是一种很好的品质。"

他准备开弓,我也拿起了我的弓。就在这时,我注意到一个细节:阿波罗摆放的不是一颗橄榄,而是两颗,分别插在离我们五十步开外的两根削尖的木桩上,这很可能是一场考验速度和技巧的比赛!

我俩肩并肩,各拿起一支箭,张弓搭箭,尽可能地拉满。我们稍微停顿了一下,几乎微不可察,接着我们的箭就飞向了目标。两支箭都穿透了同一颗橄榄:我瞄准了阿波罗那边的那个。

他看着我,笑了起来:"喀戎,你远远超出了我的期望,能帮我把箭拿回来吗?"

"当然可以!"

我一阵飞驰,瞬间抵达了目标。

在那里,我停下来,吃惊地发现:阿耳忒弥斯躺在草地上,脸色苍白,双眼紧闭。

我的心头一抽。抚养我长大的女神是否受伤了?我现在几乎把她当母亲一样看待。一想到可能会失去她,我顿时不能自已!

"阿波罗?阿波罗,快来!"

可那位神祇没有回应。很奇怪,他去哪儿了?无论如何,我得自己想办法解决了。

我弯着腿,跪在阿耳忒弥斯身旁。我将耳朵贴在她胸口:她的心跳有规律,额头凉凉的,温度刚刚好,说明她没有发烧。难道她被蛇咬了吗?我仔细检查她的脚踝,却没有找到任何被咬的痕迹。我得拿个主意!

我在从未离身的口袋里快速搜寻:那里装满了大自然的各种草药,可以治愈腹痛、头痛、伤口等各种不适。现在该用哪一个?我选择了一剂气味略微有点辛辣的汤药。在通常情况下,它可以使晕倒的人恢复意识。希望这次也能管用!我将一些液体抹在女神的鼻子下……她鼻翼微动,打了个喷嚏，接着便睁开了眼睛，她那双大大的绿眼睛盯着我。

我温柔地轻声问道："发生什么事了，阿耳忒弥斯？"

她微笑着回答道："可能是一时虚弱吧！我一心追赶一头逃跑的鹿，忘记了进食和喝水。"

"把我吓了一大跳！"

她平静地回答道："别忘了，我拥有不死之躯。"

"就算如此，但这并不意味着你就不会生病或受伤。你曾经告诉过我，其他神祇也会遇到这种情况，是吗？"

"是的，"她站起身来说道，"不用为我担心，只要给我带些浆果和一点水，还有……"

"什么？"

"谢谢你，喀戎，谢谢你的善良。你是一个出色而细心的好医生，如果你愿意……"

"什么？"

"给我吹奏一曲风笛吧！相信你的音乐会让我完全康复的。"

显然，我觉得我的两位保护者今天都

有些奇怪。一个念头闪过：射箭比赛、突发不适，现在再加上我的音乐……难道阿耳忒弥斯和阿波罗是在考验我吗？出于什么目的呢？要考验我就尽管来，为什么要编造故事呢？可是……

"阿耳忒弥斯，我没带长笛！"

"这里有一支，你看可以吗？"

这位女神是个魔法师，我怎么可能忘记了呢？她递给我一支双管芦笛，我欣然接过，用力吹奏起来。旋律柔和婉转，在树林间飞扬。鸟儿停止了鸣叫，静静地聆听着。突然间，我们周围安静了下来！

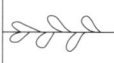

到了晚上，我们三个围坐在篝火旁，我转动着一个烤肉架。经过煎烤的浆果、蘑菇和兔肉所散发出的香味弥漫到空气中。我们美美地吃了顿大餐，最后我舔了舔手指，咬了一口无花果。

就在忽明忽暗之中，我的两位保护者

开口说话了:"小喀戎,你是一个杰出的弓箭手。"阿波罗说道。

"还是一个了不起的医生,"阿尔忒弥斯补充道,"我敢说,你的医术举世无双。"

"此外,你比我们更了解各种植物的功效,这可不容小觑。"阿波罗补充说。

"至于你的音乐……它抚慰心灵,像你治病救人的草药一样妙手回春。"

"还有,你心地善良、关心他人、精通诗词和算术……"

我反驳道:"你们都在说什么呀?"

"嗯,没什么……我们很高兴将我们所有的知识传授给你。喀戎,你现在知道的跟我们一样多了,我们已经没有什么可教你的了。"

"可是……"

"也就是说,你可以留在我们身边,想要多久就多久。但你已经长大成人,也可以选择去过自己的生活。"

他俩的赞美令我心花怒放,他们最后一句话又让我惴惴不安。自立门户?可我能去哪里?能做什么?他们俩是我仅有的家人。

第五章
我的朋友

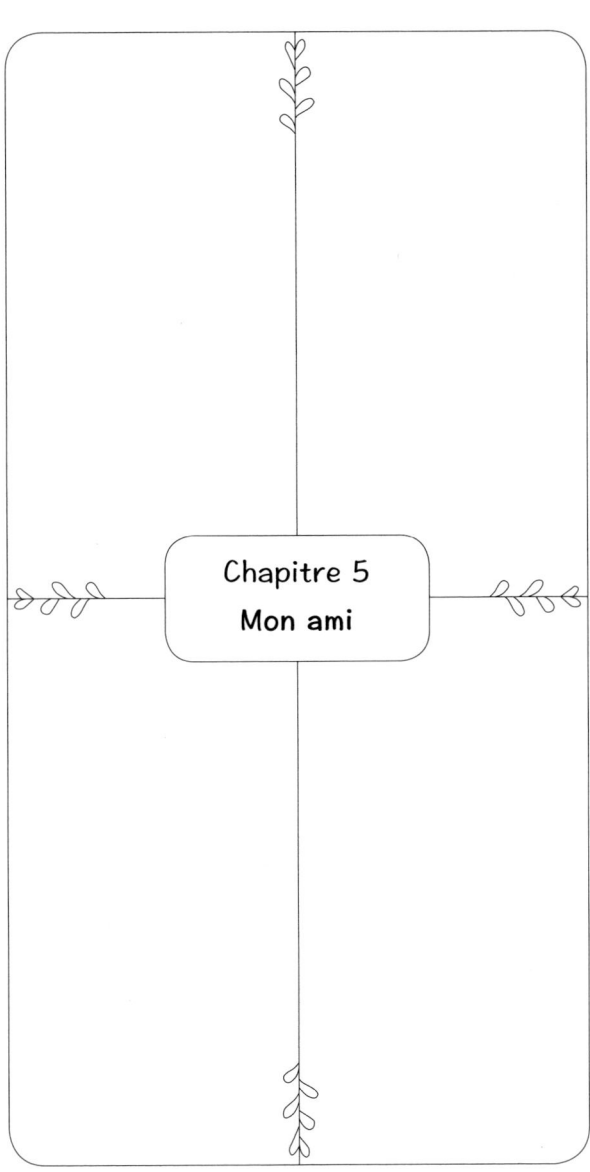

Chapitre 5
Mon ami

第二天早上，我拿定了主意。阿波罗和阿耳忒弥斯说得没错：我已经长大了，可以去闯荡天下了。世界这么大，我想去看看。

在我离开之前，我还有一个任务要完成。我告诉了我的两位保护神，他们同意陪我一起去。我们沿着我小时候与阿耳忒弥斯一起走过的路线原路折返。我重温了当年那些气味、树木的轮廓、上坡和下坡，仿佛这些感受已经深深烙印在了我的身体里。中午时分，我注意到阿耳忒弥斯和阿波罗放慢了脚步——尽管他们是神，却赶不上我赶路的脚步。日头高悬，他俩突然同时倒在草地上，气喘吁吁。我掉转头，与他们汇合，弯曲四条腿坐在他们身旁。他们取出了随身携带的琼浆和神品作为午餐，与我分享。一经下肚，这留在我齿间的味道，又一次宛如一场美梦，如同一股力量充溢着我的全身。就这样，我再次坚定了自己的决心。

我们起身的时候，我已经想好了。在

此之前,从没有人骑到过我的背上,谁让我是半人马呢,我可不是一般的马,我当然不允许别人骑在我背上。

不过在这一刻,我提议说:"阿耳忒弥斯,阿波罗,跳到我背上来吧。"

"你……你确定吗?"阿耳忒弥斯问道,几乎屏住了呼吸。

"确定。"

他俩沉默不语。

为了说服他们,我换了一种开玩笑的语气:

"你们为了接受挑战,这些年来对我使出这么多花样,是时候看看把我变成怎样的硬汉子了……亲爱的老师们。"

我的激将法成功了!阿耳忒弥斯不再言语,轻轻跳上了我的背。阿波罗紧随其后,我感觉到他的重量落在了他姐姐的身后。当我像箭一样飞驰时,女神的双手紧紧环抱着我的腰。我们用了整整一天的时间才到达目的地——我的目的地。

我的两位骑手双脚着地。

我们来到了我度过童年时光的森林深处——我心爱的椴树下。一阵风突如其来，吹动了树枝，一片嫩绿的叶子抚摸着我的脸庞。妈妈。我多么希望能看到你的眼睛，你的嘴唇，感受到你的手掌贴在我的脸颊上。

妈妈。

我闭上眼睛，深吸一口气。我充满爱意地想着身边这三位亲人——一棵树和两位神——正是他们帮助我长大，我的一切都是他们给的。现在我要离开他们了，去寻找自己的道路，他们将永远留在我的心里。

我哽咽着，勉强说道："谢谢你，母亲；谢谢你，阿耳忒弥斯；谢谢你，阿波罗。后会有期，一切都看众神的安排。"

在自己改变主意之前，我迈步离开，然后三步并作两步狂奔。我需要耗尽自己的体力，不再去想。我需要将全部精力投入到肌肉的力量和四条腿的运动中去。

我漫无目的地前行，至少看起来是如此。也许某位神祇在引导我，谁知道呢？我的脚步将我引向了色萨利，不远处就是奥林匹斯山，是众神的居所。对于这次旅行，我几乎没留下太多的回忆，只记得疲惫、饥饿、希腊晴朗的天空，还有山丘的美景。我避开了村庄和城市，谁让我是个半人半马的怪物呢，人类看见我可能会害怕。不过，我永远不会忘记自己爬上珀利翁山时感受到的那种震撼：多么壮丽的景象啊！山下是闪闪发光的大海，山顶则是阳光照耀下的光秃岩石。我在岩壁上发现了一个凉爽幽深的洞穴。我的马蹄踏在沙子地面上时，感到非常柔软。从此以后，这里就是我的家。

我每天都在山洞附近探险。我爬上山坡，随后顺着山坡下来，在浪花中走着，凉爽的海浪冲刷着我腿上褐色的毛皮。不过，我总感觉少了些什么……是什么呢？完全说不上来。真奇怪，我竟然会对某种自己无法描述清楚的东西产生如此强烈的需求！我需要的是陪伴，还是使命？

有天早晨,我在外出远足时,听到了马蹄声——很可能是一群马,还有骑士,因为我还听到了说话声。

话语中透着杀机:"以阿卡斯托斯之名,我们要杀了你,珀琉斯!"

"我们不是来猎杀野猪的,我们是来了结你的!"

"是的!去死吧,人类。哈哈!"

我开动脑筋:其中一个声音称呼追兵"人类",也就是说,进攻者不是人类,他们会是什么来头?我慢慢靠近,逆风而行,以防止有人闻到我的气味。我屏住呼吸,控制步伐,像影子一般无声无息。

我看见他们了。

他们是半人马,就和我一样!我想起了阿耳忒弥斯的话:"确实存在其他的半人马,他们比你年长得多""他们并不总是很……友好。"

的确,他们看起来并不是很……友好,甚至可以说,他们笑起来面目狰狞。

我并不知道他们的猎物是否清白无辜,

可他们人多势众，而对方势单力孤，这不公平。我一下子跳到两队人中间。进攻方顿时慌了神！

只听他们说："这家伙是谁？不是我们这边的！"

"我们不需要援兵，不过既然来了，不要白不要！"

"援兵？你在开玩笑吗？看看他都在干什么！"

就在他们闲聊的当口，眼看着有半人马要出手击打那个倒地的可怜人，我抬脚就给了那个半人马一蹄子。我朝着这精疲力竭、浑身是血的陌生人伸出手，我注意到他长着一双碧绿的眼睛。我大声招呼他跳上我的背。虽说我也是半人马，可这陌生人眼见我击退了其他半人马，便抓住机会，跳上背来。我俩扬长而去。追兵一开始还紧追不舍，可我太厉害了，而且熟悉地形……他们的马蹄声越来越远，最后消失了。

"你是谁？"那男的问我。

"大家都叫我喀戎。你呢？"

"珀琉斯。"

"你遇上麻烦了?"

"你从哪儿看出来的?"他调侃道。

我感觉自己就像个傻瓜。

他继续说道:

"原谅我。你救了我的命,我却拿你打趣。这么说吧,我遇到了一个爱说谎的女王,她的丈夫以莫须有的罪名惩罚我,设下陷阱让我钻。"

珀琉斯在我的洞穴里和我一起待了几天。我采集草药,研磨成粉,送给这个疲惫不堪的人让他服用。在我的照料下,他很快恢复了体力。

到了第三天,他看着我,宣布说:"喀戎,多亏了你,我学到了很多:不是所有的半人马都是混蛋,而你则是整个希腊最伟大的医生。"

"太夸张了……"

"我就是活生生的证明,我不会忘记的。永别了,或者说再见了,谁知道呢?"

"永别了,珀琉斯,愿你一生平安,无灾无难。"

我又是孤零零的了，孤独感时不时压得我喘不过气来，应该说，是家常便饭。某天清晨，一曲音乐把我唤醒。有访客来了！而且不是普通的客人：我认出了阿波罗的声音，伴随着他的竖琴声。

我满心欢喜地朝他冲过去："是阿波罗吗？请进。你是怎么找到我的？"

他笑了起来。

"奥林匹斯山并不远，而且我是一个神，不要忘了这一点。我洞察万物，能看到比人类和半人马更多的东西。"

"那么说来，你是顺道路过这里？"

"事实上，我的朋友……"

他刚才称呼我为"我的朋友"——这可是我生下来头一遭。在他眼中，我不再是那个啥都需要教的小半人马了！他继续说道，神情尴尬，我从未见过他这副模样："我遇上麻烦了。"

"你吗?"

"唉,算了,还是把一切都告诉你吧。"

在说话之前,他打开了他像宝物一样搂在胸前的一块布:里面是一个婴儿,眼睛大大的。不用问就知道是谁的孩子:和阿波罗一样的眼神,同样金黄的头发,微微噘起的嘴巴,右脸颊的酒窝也是一模一样。

我问道:"这孩子的母亲是谁?"

"一个名叫科洛尼斯的凡人,一位公主,美得如同太阳。"

"然后呢?"

"发生了一些麻烦……一只小乌鸦给我通风报信:科洛尼斯不要我,而是选择了一个凡夫俗子。你想想看,我把这事告诉了我姐姐,你了解她的,她很生气,可不能惹她生气。"

嗯。我担心实际情况会更糟。

"你们做了什么?"

"我什么都没做,但阿耳忒弥斯就不一样了,她很看重家人……她一箭杀死了科洛尼斯,然后把她放在火葬用的柴堆上。还好我及时赶到,将我的儿子从他母亲的腹中取了出来。就是他了,我的小阿斯克勒庇俄斯。"

我目瞪口呆。阿耳忒弥斯竟然做了这种事!她那么细心地抚养我长大,居然害得这孩子没了母亲,就像有人害得我没了母亲一样!神祇有时候是无情的。我想尽自己所能补救这场罪行。

这婴儿就像一株小树苗,需要水和阳光才能茁壮成长。我终于找到了自己缺少的东西——我的使命。我要把毕生所学传授给年轻一代,我要把阿波罗和阿耳忒弥斯对我的养育之恩回馈给他人。

我会成为一名严格、用心、仁慈的老师。

第六章
半人半神的小孩

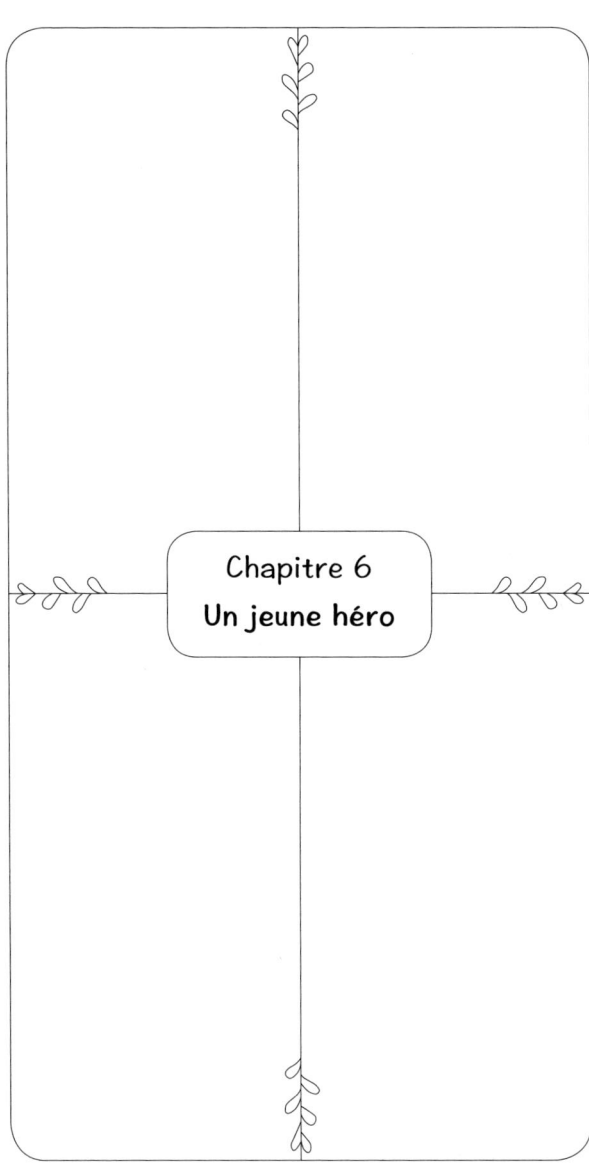

Chapitre 6
Un jeune héro

阿波罗离开了。现在只剩下我和这个半人半神的小孩在一起,他用严肃的目光盯着我。我用山羊奶、琼浆和神品来喂养他——他的父亲留给我一大堆。一天天过去了,我俩变得越来越亲近。我哄他入睡,喂他吃饭,和他交谈,让他感到安心。我是他的父亲,他的母亲,他的指引,他的全世界。

第一年就这么过去了,我们已经适应了彼此。

第二年的某一天,他在我醒来后爬上了我的背,我任由他这么做,我们离开了洞穴。他的小手时而抓住我的胸膛,时而抓住我脖子上的鬃毛。我跑得越快,他笑得越开心。从此以后,我俩每天都外出。啊,漫无目标地奔跑是多么开心!停下来休息时,阿斯克勒庇俄斯被一株色彩鲜艳的蘑菇所吸引,弯下腰采摘,准备放进嘴里。还好我及时地一蹄子飞过去,把这致命的蘑菇踢开,踢到离我的保护对象远远的地方。但我依然心有余悸。

"小家伙,我将教你识别植物、浆果、花朵、水果和树木,了解什么可以吃,什么不能碰,什么可以治病救人,什么会病从口入。"

阿斯克勒庇俄斯拍起手来,笑着问我:"我们什么时候开始呢,喀戎叔叔?"

喀戎叔叔!我屈膝跪在他身边,将他拥入怀中。

自那天起,我们就一起观察、采摘、晾干、煮沸、过滤各种草药……每当我们遇到生病的动物时,就想法子治疗它,为它包扎和缝合伤口;我们一直守护着它,直到它飞走或者跑远,重归自由。阿斯克勒庇俄斯的妙手能让一切生灵康复如初,哪怕是那些命悬一线的生物,也能让他们起死回生,仿佛这孩子有本事亲自去冥界把他们接回来!

他生来就有神力,很快就超过了我。

好多年过去了，那个无助的婴儿已长成好奇的男孩，洞悉自然万物。他把我曾弃之不用的花花草草都尝了个遍；他能为折断的腿安上夹板，使骨头重新愈合。我从未见过这样的好医生，时不时有慕名而来的村民们向他请教各种问题，比如如何处理皮肤上冒出的疹子、腹部的疼痛、感染的伤口等。阿斯克勒庇俄斯有时会邀请病人在这里过夜。他们醒来时，会告诉我们他们在梦中看到了诊疗之法，而我的保护对象，则若无其事地准备着他的草药，一如寻常。

他让我想起了离开阿波罗和阿耳忒弥斯时的那个年轻的我。

我知道他也会有离开的那一天。

老师总得让学生出去闯荡，即使他深爱着他们。

他深爱着他们的时候更是如此。

这一天终于到来了，阿斯克勒庇俄斯昨天走了。我哭了一晚上，感伤他的离开。我喜欢和这个友善活泼的学生在一起。我又要孤零零的，再没有人能传承我的知识了吗？

神灵似乎另有安排。第二天，一道身影爬上了通向我洞穴的陡坡。是个人，他走得很快！他靠得越近，我越觉得眼熟：个子高高的，头发深褐色，身材瘦削，还有深绿色的瞳孔。没错……就是那个差点死在半人马手里的年轻人！他老了。我笑了起来，猜想我自己这些年肯定也变了样子。他手里拿着一个包袱，莫非他要送我一份礼物，感谢我曾在多年前救过他的命？

他来了。

我想知道他的来意。

"你好，喀戎。"

"你好……珀琉斯？"

"没错，正是我。你瞧……虽然我想表达我的感激之情，但我这次是来向你求助的。"

"求助?还有人在追你吗?"

"不……我很好。我来是为了我的儿子。"

他打开包袱,里面露出一块沾满血迹的布片,布片中裹着一个小男孩。

这是第二次有父亲带着孩子来找我帮忙。

"发生什么事了?"

"她的母亲,海仙女忒提斯……她希望我们的孩子能像她一样拥有不死之身,而不可像我一般只有肉身凡胎。尽管我是密耳弥多涅人的国王,但她仍然不满意。"

"然后呢?"

珀琉斯的五官痛苦地扭曲在一起,仿佛一幕惨剧正在他脑海里再次上演。

"忒提斯将我们的孩子投入圣火中,我急忙冲过去把他救了出来。他差点被烧伤!

我从她手中夺走了孩子，然后带着他逃了出来。"

我弯下腰，从头到脚检查着这个小家伙。他看起来还好，几乎可以说是没事，只是右脚后跟被烧伤了。

珀琉斯恳求我："治好他，抚养他长大。不要让忒提斯找到他，不要让过去重演。我要返回自己的王国去了，去履行我的职责。"

"我会照顾他，守护他，我以冥河向你发誓。"

我很想和我的朋友多待一会儿，可他儿子的脚伤让我担心。

现在，我必须去找一些特别的东西……不然这孩子就会瘸一辈子。我把他留在温暖的洞穴里，但愿明天黎明时分我能赶回来。

第七章

矛盾

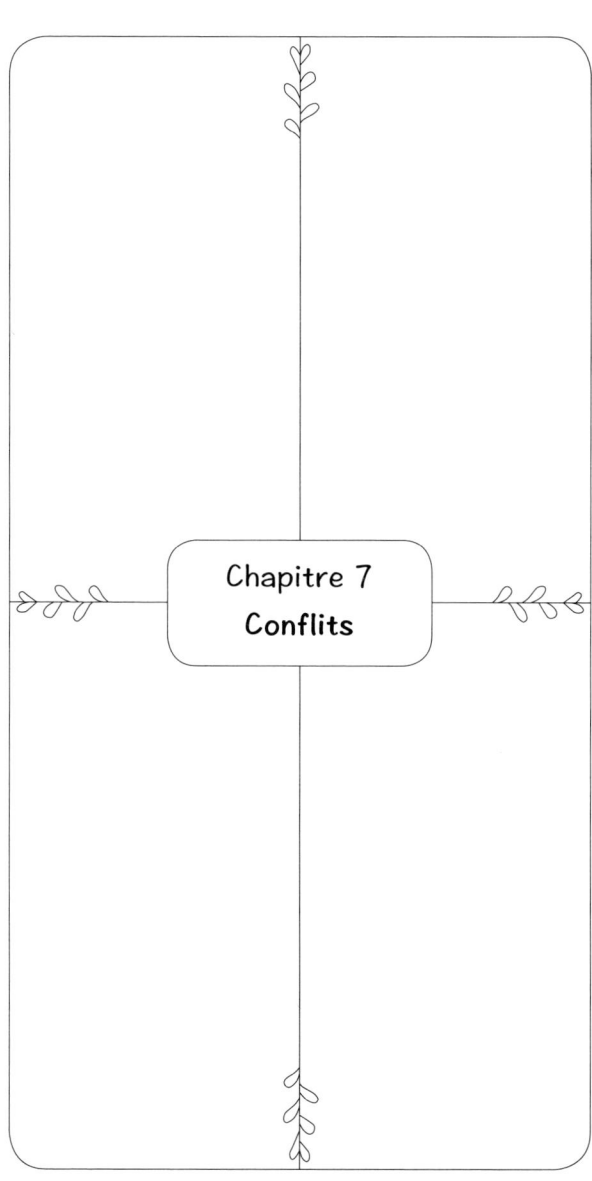

Chapitre 7
Conflits

我披星戴月，急匆匆地赶路，希望能在半夜前抵达目的地。我会在爬坡以后、口渴或想看星星时停下来休息片刻。我需要足够的力气过去，也需要有足够的力气回来。那孩子还很小，需要我喂他吃饭、哄他睡觉，尽快医好他受伤的脚。

终于，我抵达了自己寻找的那片海峡：右边是海，左边也是海，中间有一片陆地通往那座半岛，那里有我需要的东西。

就是这里：一个长满草的简单土堆，一座硕大的坟墓，大到足以埋葬巨人。我徒手在干裂的泥土里挖了起来。我挖啊挖，最终挖到了一副长着两只脚的骨架：这是巨人达密索斯。他跑起来比谁都快，像穿云箭一样！我小心翼翼地取下巨人脚上与受伤孩子相同部位的骨头，放入袋子里，重新封闭了坟墓。

我吃了一顿简餐，睡了一小会儿，接下来就该回去了。

日出时分，我回到洞穴。

我和孩子单独在一起。我刚刚意识到自己还不知道他的名字，他的父亲也没法告诉我，谁让他已经离开了呢！我陷入了沉思……就叫他"阿喀琉斯"吧。这名字的意思是"长着漂亮嘴唇的人"，而他的嘴唇的确很漂亮。我知道他很疼，尽管他没叫出声来，泪珠却大颗大颗地滚落下来。他不知所措的样子令我动容。情感在他的脸上表露无遗，就像云和太阳在天空中清晰可见。我跪在他面前，喂他喝了点蜂蜜酒，他才平静下来。我轻轻地取下他小小的脚跟上折断的骨头，然后将巨人达密索斯相同部位的骨头固定在那里。大功告成。

每天，我都会给孩子的脚跟更换药膏。他和我逐渐熟悉了起来，我也逐渐熟悉了他。他一瘸一拐地走着。差不多一个月后，我终于看到他可以平稳地用两条腿走路了——他痊愈了！

我很幸运，和阿斯克勒庇俄斯一样，阿喀琉斯充满着好奇心。他喜欢学习射箭、

打猎，生来就擅长和动物打交道。有一天，我们发现了一匹受伤的小马驹。阿喀琉斯边说着话，边靠近他。他赢得了它的信任，帮助它恢复了健康。可是有好几次，阿喀琉斯的坏脾气把我吓了一跳。我有好几次看见他在赌气，但没太在意。接下来有一天，我们在一起练习射箭时，他连续错失靶子，一次、两次、三次。

第一次，他的脸色阴沉下来；第二次，他板起脸；第三次，他盯着我怒吼起来，那双黑眼睛的瞳孔因愤怒而扩大："你是故意的，喀戎。你把靶子放得太远了，你想让我射不中。"

我目瞪口呆，结结巴巴地问："阿喀琉斯，你在想什么？我可是毫无保留地把我的知识都传授给你了，我的孩子。"

"我可不是什么孩子，而且你根本没教我什么。我是个天才，你却自以为是，认为自己是一个了不起的老师！"

"我这次原谅你，但是……"

"你原谅我？应该是我原谅你才对！我……"

他气疯了。

他跑开了。我没有阻止他,他到底怎么了?

深夜,阿喀琉斯回到了洞穴。他没有道歉,我也什么都没有问,沉默在我们之间弥漫开来。

从那时起,我决定多多教他唱歌和弹竖琴,磨一磨这小徒弟爱生气的性子。每当我找到蜂巢,我就会取出蜂蜜,递给阿喀琉斯,希望能让他变温和一些。不过,我也希望他变得强大。因此,我给他吃我们用箭杀死的熊和狮子的内脏。阿喀琉斯天不怕地不怕……或许只怕他自己?有一天,我们在狩猎时,我以为一头熊已经死了,可它却突然抓住了我徒弟的胳膊,一口咬了下去。阿喀琉斯看着鲜血从自己的胳膊上喷涌而出,沿着深深的伤口流淌下来。

他没有哭。

也没有叫嚷。

他只是静静地观察着自己的伤口。

随后,他便一言不发地离开了。他想要做什么?这徒弟总是让我摸不着头脑,我永远不知道他会如何反应。我只知道我爱他,我总是为他担心。我告诫他要懂得克制,要有分寸,可他总是走极端。

当他回来的时候,他的胳膊看起来非常红肿。他带回了一些我以前从未在野外注意过的叶子:深绿色的,形状很特别。他让我把这些叶子放在他的伤口上。

我迟疑了一下:"这是什么?你确定吗?"

"当然。我在好几只动物身上测试过,

它们都痊愈了。"

我好奇地问道:"这草药叫什么名字?"

"嗯,为了纪念我的发现,我们就叫它阿喀琉斯草吧。"

"'阿喀琉斯草'?就因为我给你取名叫阿喀琉斯,这有点自负吧?"

"是我自个儿发现的!"

就这样,他又一次板起脸,怒火中烧。他在怪我,不知为什么。可我是他唯一的朋友、他的老师、他的保护人。

哼!这孩子有时真让我恼火。

他什么时候才会长大呢?

他长大后也会满肚子怒气吗?

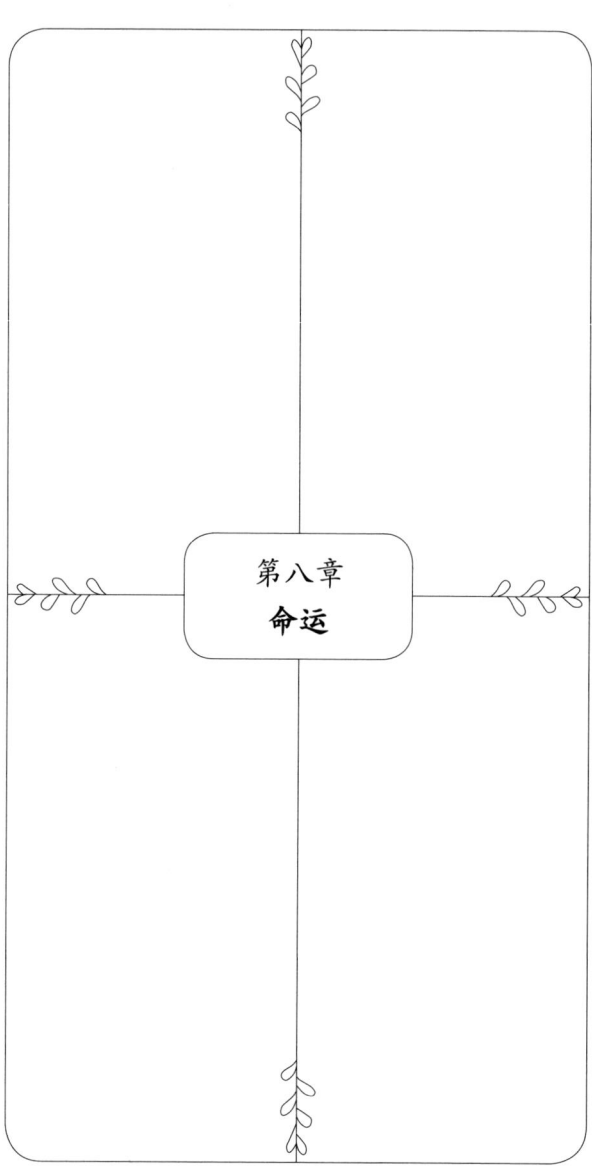

第八章

命运

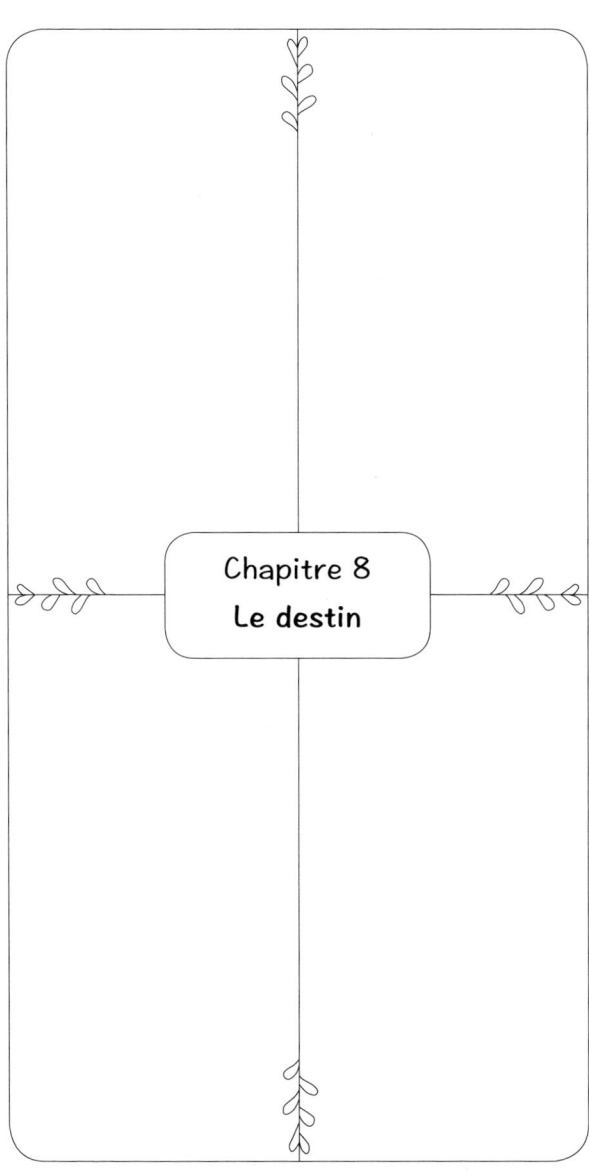

Chapitre 8
Le destin

在阿喀琉斯九岁的时候，一个非常美丽的女人出现在洞穴前，一道刺眼的光环围绕着她。

她仿佛在我面前飘浮着，像一个幽灵。她棕色的长发垂在脑后，头上戴着一顶银色的王冠。

她看着阿喀琉斯说道："我的儿子……"

阿喀琉斯吃惊地问："母亲？"

她点点头说："是的，我是忒提斯，你必须跟我走。"

我的徒弟用愤怒的口吻冷冷反驳道："我就应该听你的？我提醒你，自从喀戎教会我治病、打猎、射箭以来，你一次都没有来看过我。"

这孩子说得没错，很有道理。

忒提斯回答道："我的孩子，你的父亲把你藏在这里，我找了很久才找到你。他以为我要伤害你，可我只是想让你变成一个神。"

我生气地插嘴说："你说是要把他从人变成神，那几乎要了他的命！"

她面不改色："他得假扮成女孩，隐藏自己的身份跟我走。今天，我想要救他一命。"

阿喀琉斯问:"拯救我免受什么,母亲?"

她回答:"我会在路上告诉你,我还想介绍你表兄帕特洛克罗斯和你认识。"

我站起来坚定地说:"他要走就得带上我。"

看来我还挺有说服力,忒提斯点点头,表示同意。

接下来的日子过得飞快,我们一路疾驰,经历了长途跋涉。我想要自在,阿喀琉斯和他的母亲都没有骑在我背上,我们一起前行。

他俩走在我前面几步,交谈着:"那么,母亲,到底是什么可怕的危险让我们非走不可呢?"

"预言家卡尔卡斯预见到你会和其他希腊国王和王子一起围攻特洛伊城,你会在那遥远的城池前面丧命。如果我能在这里找到你,那么别人也能,所以我要带你去别的地方。"

阿喀琉斯一听来了劲儿:"战斗?旅行?还有国王们做伴?母亲,这听起来太棒了,我想去!"

"这场战争还没开始,好好考虑一下,我的孩子。假如你选择这条路,你就活不长了;假如你留在这里,你会平安终老。"

我猜阿喀琉斯会永远记得这段话,他对冒险的渴望也会与日俱增。

我们继续赶路,之后登上了一艘小船。由于无法用四只腿站立,我只能躺在底部,盯着远处的一个点,以免吃下的早餐喷涌出来。

最终,我们停靠在一座小岛上。我跪下来,亲吻这块坚实的土地。当我站起来时,发现有一个和阿喀琉斯同龄的男孩正笑着看着我。

随后,他向忒提斯致意,伸出双手欢迎我的徒弟,那双暖棕色的眼睛中充满了笑意:"这么说来,你就是国王珀琉斯的儿子?我的表弟……"

"一个穿着女装的表弟。"我的徒弟嘟哝着。

"你会体验到做女孩是什么滋味的。"那孩子说。

忒提斯看起来很高兴，这是整个旅程中的第一次。

"帕特洛克罗斯，阿喀琉斯，你们已经聊得火热了！我早就知道你们肯定处得来，准会成为朋友。"忒提斯说道。

"朋友？"

我意识到我和阿喀琉斯都从未有过朋友。

阿喀琉斯和帕特洛克罗斯形影不离。几个月过去了，几年过去了，渐渐地，我除了上课几乎见不到我徒弟的影子。毕竟，他长大了，他已经长成了一个小伙子，我迟早有一天必须放他走，心痛也无能无力。

不过有一天，他在射箭训练结束后磨蹭不走："喀戎……"

"怎么了？"

"昨晚我母亲来找过我，她再次提起我的命运，就像我们从你的洞穴来到这座岛屿时所说的那样。在她看来，要么我去特洛伊战争,人生短暂但充满荣誉;要么我留在这里,平安终老。那样就没人会记得我了。她说是神谕告诉她的。"

"你拿定主意了吗?"

"你已经猜到了,对吧?没有人比你更了解我,就算帕特洛克罗斯也比不上你。"

我点点头表示肯定。

他继续说道:"我想要荣誉!我想要伙伴!我想要同抢走海伦王后的特洛伊人好好干上一仗!"

"嗯……忒提斯怎么说?"

"我母亲?她崩溃了。我想她一转身就会哭出来。我为她感到难过,但我想过自己的人生。而且我发现了一件事:假如我母亲在她与我父亲的婚礼上邀请了纷争女神厄里斯,希腊人和特洛伊之间的这场战争就永远不会发生。那位纷争女神因此感到受辱,便策划了她的复仇。多么可怕的复仇!"

我觉得我徒弟有点不讲道理。

他那危机四伏的命运让我有些不安……

但即便他是我徒弟,我也不能救他。

他必须选择自己的命运。

而我必须接受他的选择,即使我会为此痛彻心扉。

阿喀琉斯什么时候启程呢?

有天晚上,两名陌生人在宫殿前求见。他们向我问好,不过立刻转向了阿喀琉斯和帕特洛克罗斯——他们是为了我的徒弟而来的。是友还是敌?他们的态度很严肃,步伐坚定,有统帅的气质。

"欢迎,陌生人。"我徒弟对他们说。

"谢谢,国王珀琉斯的儿子,"第一个人说道,"我叫奥德修斯,是伊塔刻岛的国王。"

"我是涅斯托尔,皮罗斯的国王。"另一个长者自我介绍说。

"我等此番求见阁下,是因为我们即将启程前往特洛伊。我们的任务是解救迈锡尼城的国王阿伽门农的妻子海伦,我们承诺施以援手。"

阿喀琉斯看起来有些犹豫，这让我感到吃惊。

"我愿意前往，只是……"

"只是什么？"奥德修斯皱着眉头问。

"帕特洛克罗斯必须和我一块去。"

很明显，两位访客松了口气。

"很好，"涅斯托尔说，"我们必须即刻出发，其他国王正在等着我们。听说要是没有你，我们将无法赢得这场战争。"

我从未见过阿喀琉斯如此开心，他有了一个朋友；踏上了冒险之旅，他受人尊敬。而我却一阵心酸，即便我把他养大成人，可我们却咫尺天涯，他甚至没有提议让我陪他们一起去。

他与那些尊贵的访客一同走了，我心如刀绞。

至少，我已经把平生所学都传授给他了。

医术、射箭，还有优秀的希腊人必须掌握的一切技艺，我还能教给谁呢？

我希望能有其他徒弟，像阿斯克勒庇俄斯和阿喀琉斯一样有天赋。

我托梦给阿斯克勒庇俄斯，请求他派遣他的两个医生儿子马卡翁和波达勒里俄斯在特洛伊城照顾我亲爱的阿喀琉斯。

我只能为他做这些了。

我的生活在继续，在这里，在希腊。我将返回我的洞穴，回到珀利翁山上，那里是我的家。

我预感自己还会有其他徒弟。

我期盼着这一天的到来。

这就是我活着的意义。

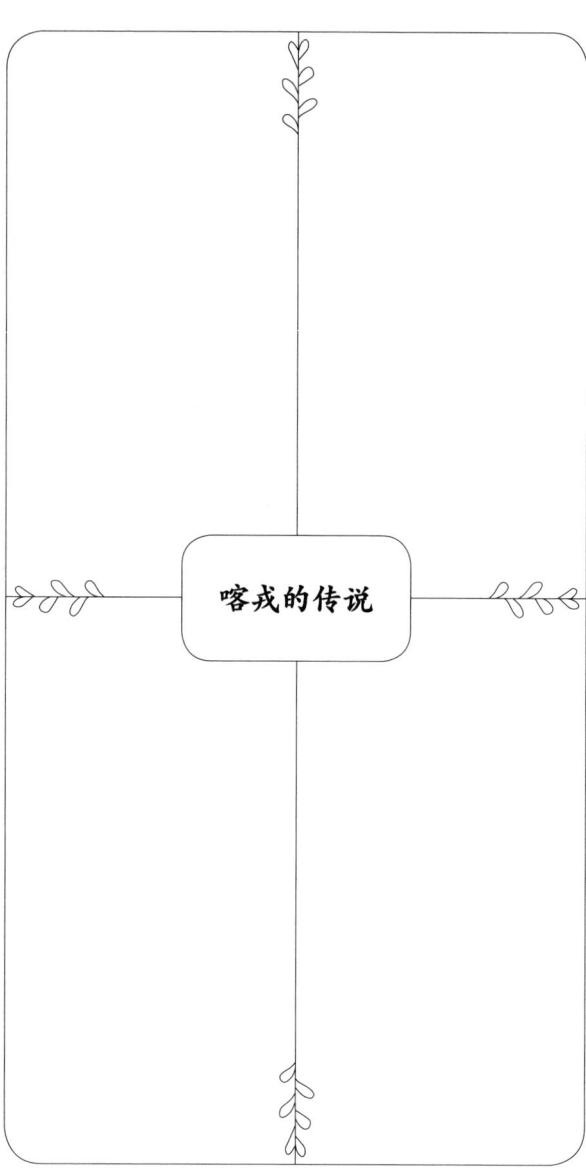

喀戎的传说

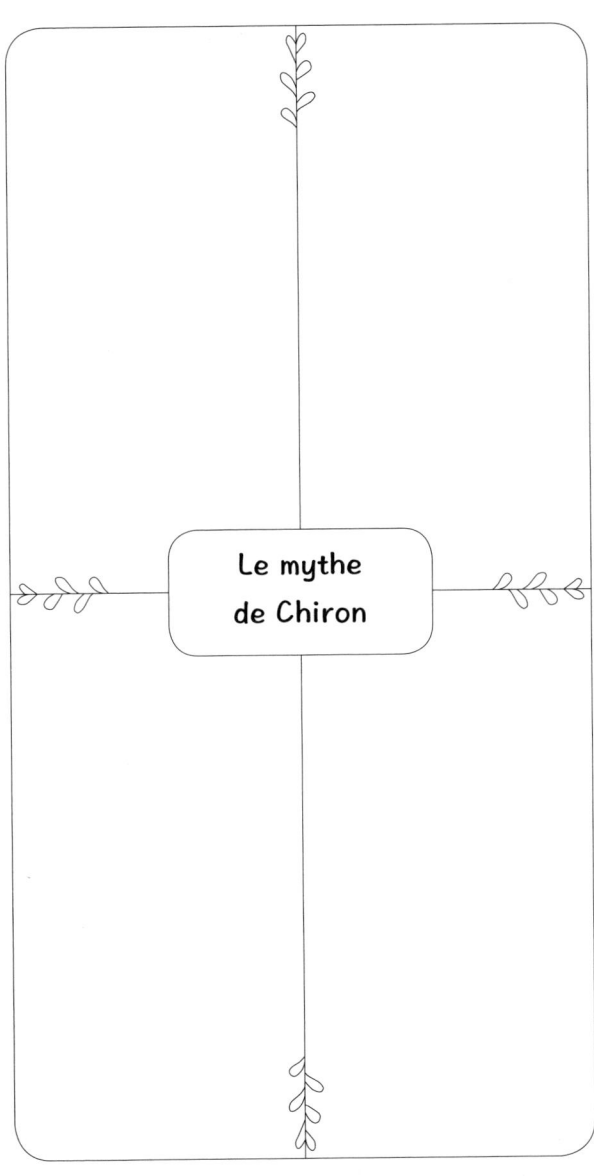

Le mythe de Chiron

喀戎是一位热爱传授知识的半人马。现在您已经走入了他的世界，或许您想知道喀戎的传说是怎么来的，想要深入了解一下他的故事……

什么是希腊神话？

神话讲述的是非凡人物的事迹。这些人物并非儿童传说中的英雄，而是整个民族曾经信奉的男女诸神：他们属于宗教的一部分。

在2000多年前的古希腊，曾经有过供奉宙斯、赫拉、雅典娜、阿波罗的神庙……也曾有过祭祀这些神灵的神职人员，以及向他们致敬的神圣运动会，比如著名的奥林匹克运动会就是献给宙斯的。

什么是半人马？

半人马的头部和上半身是人类，下半身则是马。关于半人马的起源有着不同的说法，可无论是哪种说法，都和神有关。大部分半

© Sailko –《拉庇泰人和半人马之战》，皮耶罗·迪·科西莫（Piero di Cosimo）绘，约1490年，英国伦敦国家美术馆藏。

人马是坏胚子。传说在拉庇泰人国王的婚礼上，半人马们喝得醉醺醺的，试图劫持新娘并对其他姑娘动粗，一场战斗在所难免。半人马族和拉庇泰人打了起来，后者得到了英雄忒修斯的帮助，这场战斗以半人马的失败而告终，正义战胜了野蛮。

谁是喀戎？

喀戎也是半人马，可他与那些外貌相似的家伙既没有血缘关系，也没有沾染他们凶恶的性格。喀戎的父母是提坦神克洛诺斯和宁芙仙女菲吕拉。克洛诺斯对这位美女穷追不舍,姑娘则想尽办法逃脱。为了抓住她,克洛诺斯变成了一匹公马,并召唤来乌云遮住整片树林,以免他的妻子瑞亚发现他的不轨行为。

这桩暴行孕育出了喀戎。他之所以长着半人马的样子,那是因为他的父亲在追赶过程中使出了变形术。

喀戎生性温柔和善,他将平生所学倾囊相授,他的弟子中既有神也有半神,其中不乏希腊神话中的几位著名人物。

故事出处

古代许多作家都曾描写过神话人物喀戎,有些只是一笔带过,有些则较为详细地讲述了他的故事。不过在这些故事里,喀戎始终作为配角出现。就拿公元前8世纪的史诗《伊利亚特》来说吧,作者荷马将喀戎描述成阿喀琉斯的老师;品达(公元前6世纪至公元前5世纪)在

© Shuishouyue -《喀戎指导阿喀琉斯射箭》,乔瓦尼·巴蒂斯塔·西普里亚尼(Giovanni Battista Cipriani)绘,约1776年,美国宾夕法尼亚州费城艺术博物馆藏。

他的《皮媞亚颂歌》中提到,伊阿宋(希腊神话中带领阿耳戈英雄夺取金羊毛的英雄)和阿喀琉斯曾先后成为喀戎的弟子;欧里庇得斯在他的悲剧《伊菲革涅亚在奥利斯》中曾多次提到喀戎是阿喀琉斯的导师;还有赫西俄德,他的诗作《赫拉克勒斯之盾》中详细描述了半人马与拉庇泰人的战斗——在《伊利亚特》中，该情景出现在阿喀琉斯的盾牌上。

公元前1世纪，西西里的狄奥多罗斯在他的《希腊史纲》第四章中，描写了海格力斯<small>（即罗马人对赫拉克勒斯的称呼）</small>与半人马族的战斗，不过福罗斯和喀戎并没有参与其中，谁让他们是赫拉克勒斯的朋友呢？！

见多识广的喀戎

在这本小说中，我着重描写了喀戎的童年，描述了他是如何接受教育的，他又是如何成为老师的，尤其是他与《伊利亚特》中的核心人物阿喀琉斯的关系。以下是关于他的一些其他信息。为了确保叙述脉络清晰，我在小说中故意省略了这些内容。

喀戎的父母都是神，因此他生来就拥有不朽之身。他与奥林匹斯山的大多数神灵属于同一代，都是克洛诺斯的儿女。

阿耳忒弥斯和阿波罗将他抚养长大，教他射箭、医术、使用草药等。不过，在其他一些版本里,则是喀戎把这些知识传授给阿波罗和阿耳忒弥斯。

后来,他住进希腊大陆色萨利地区珀利翁山的一个洞穴里,离奥林匹斯山不远,而奥林匹斯山正是众神的居所。

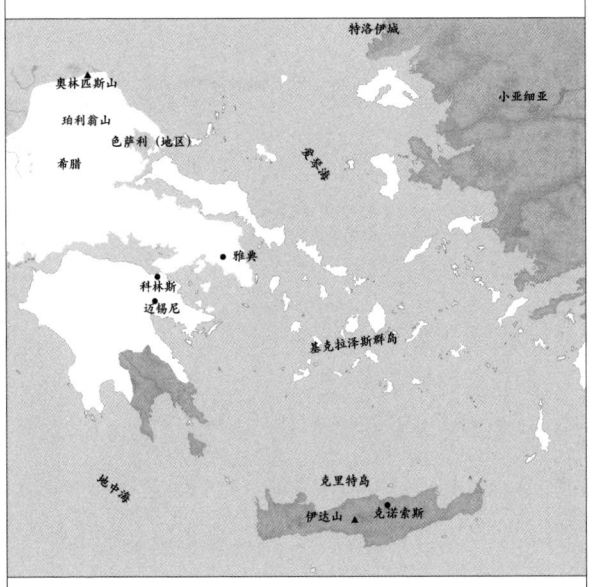

古地中海地区地图

喀戎的故事多次与传奇国王珀琉斯的事迹交织在一起。据说珀琉斯是埃癸那的国王埃阿科斯和水泽仙女恩得伊斯的儿子,而

© Endelos – 版画《阿波罗将阿斯克勒庇俄斯托付给喀戎教育》，亨德里克·霍尔奇尼斯（Hendrik Goltzius），1590年，纽约国家美术馆藏。

恩得伊斯则是喀戎的女儿——因为喀戎娶了宁芙仙女卡里克罗为妻，他们生了好几个孩子。后来，珀琉斯陷入谋杀和引诱的陷阱中，其他半人马来势汹汹，受人指使想要除掉珀琉斯，是喀戎把他救了出来。喀戎为他这位保护对象出主意，教他如何迷倒不愿意嫁给凡人的宁芙仙女忒提斯。后来，忒提斯想要把她与珀琉斯生下的儿子阿喀琉斯变成不朽之身，珀琉斯便将儿子托付给喀戎照管。

喀戎还有其他弟子（包括猎人阿克泰翁、伊阿宋、埃涅阿斯等），他的职责是传授知识，他是神话中的导师。

很久以后，喀戎被他的朋友——完成了12项功绩的大英雄赫拉克勒斯的箭不慎射伤。这可能是在与野蛮的半人马族战斗时发生的，也有其他神话版本说是赫拉克勒斯拜访喀戎时发生的意外。不管怎样，由于这支箭曾被浸泡在勒奈亚海蛇的血液中，因此引发伤口剧烈疼痛，而且永远无法痊愈。

不要忘了，喀戎拥有不死之身，所以什么都不能解脱他的痛苦。于是，他把自己的不死之身赠予普罗米修斯，然后就死去了。宙斯把他升上天空，成为半人马星座。

阿喀琉斯，《伊利亚特》中的英雄

阿喀琉斯是国王珀琉斯和海仙女忒提斯的儿子。这个人物在不同版本里说法各异。在荷马史诗中，阿喀琉斯是由母亲抚养长大的，而在品达的（古希腊史诗中的侠诗）笔下，则是由喀戎负责阿喀琉斯的教育。

在有些文献记载里，珀琉斯则变成了喀戎与卡里克罗所生女儿俄库洛厄的儿子。也就是说，珀琉斯实际上是喀戎的孙子，而阿喀琉斯则是他的曾孙。他最初的名字是利古戎，是喀戎将他改名为阿喀琉斯。

某些传说里提到忒提斯试图将儿子浸入斯堤克斯河水中，也有的说她将他扔进圣火中，为了使他像她一样拥有不死之身，因为他的父亲珀琉斯是人类，他生下来只是个半神。

巨人达密索斯脚后跟的骨头替换了阿喀琉斯受伤的脚后跟。这位巨人被埋葬在帕勒涅，位于爱琴海西北部的卡桑德拉半岛，距离喀戎居住的洞穴约一百公里。

在某些版本中，忒提斯将阿喀琉斯伪装成女孩，藏在吕科墨得斯的宫廷中，以防止先知卡尔卡斯的预言成真。后者曾预言说阿喀琉斯将在希腊人围攻特洛伊城时死去。

根据荷马史诗《伊利亚特》的记载，阿喀琉斯在围攻特洛伊战争的第十年大开杀戒。阿伽门农夺走了阿喀琉斯的最爱的俘虏

© Sailko - 彼得·保罗·鲁本斯 (Peter Paul Rubens) 的画作，描绘忒提斯将阿喀琉斯浸入冥河的情景，博伊曼斯·范布宁博物馆藏。

布里塞伊斯，阿喀琉斯便愤怒地退回到自己的帐篷，拒绝继续和特洛伊人作战。他将自己的武器借给好朋友帕特洛克罗斯。特洛伊勇士赫克托耳误以为自己在与阿喀琉斯战斗，杀死了帕特洛克罗斯。最后，阿喀琉斯打破沉默，杀死了赫克托耳，他自己也随后死去。在支持特洛伊人的阿波罗引导下，他被一支由特洛伊人帕里斯射出的箭射中，这箭恰恰射中了他的脚后跟。在他母亲试图赋予他不死之身之时，唯独忘了脚后跟（事实上，她那时抓住了他的脚后跟）——这就是"阿喀琉斯之踵"的来历，用来形容一个人的致命要害。

为什么在本书中让喀戎开口说话？

喀戎是克洛诺斯暴行的产物。克洛诺斯追求水泽仙女菲吕拉，但她拒绝了他的求爱。克洛诺斯不尊重菲吕拉的决定，利用自己的变形术耍花招欺骗了她。喀戎从小无父无母，因为他父亲对他置之不理，而他母亲则变成了一棵大树。在许多神话传说中，这位半人马总是以配角的形象出现，活在他帮助过的英雄人物的阴影里。从这种意义上来说，喀戎的价值并没有得到应有的认可。

我想告诉你们为什么他很重要：他起到

了启蒙开化的作用。他教习弓箭的使用方法，传授治病救人之道，更将古希腊人珍视的分寸感传给了子孙后代……

© Mr. Nostalgic – 由皮埃尔·米兰于1515年至1598年间制作的版画《农神萨图尔努斯与水泽仙女菲吕拉》，阿姆斯特丹国立博物馆藏。

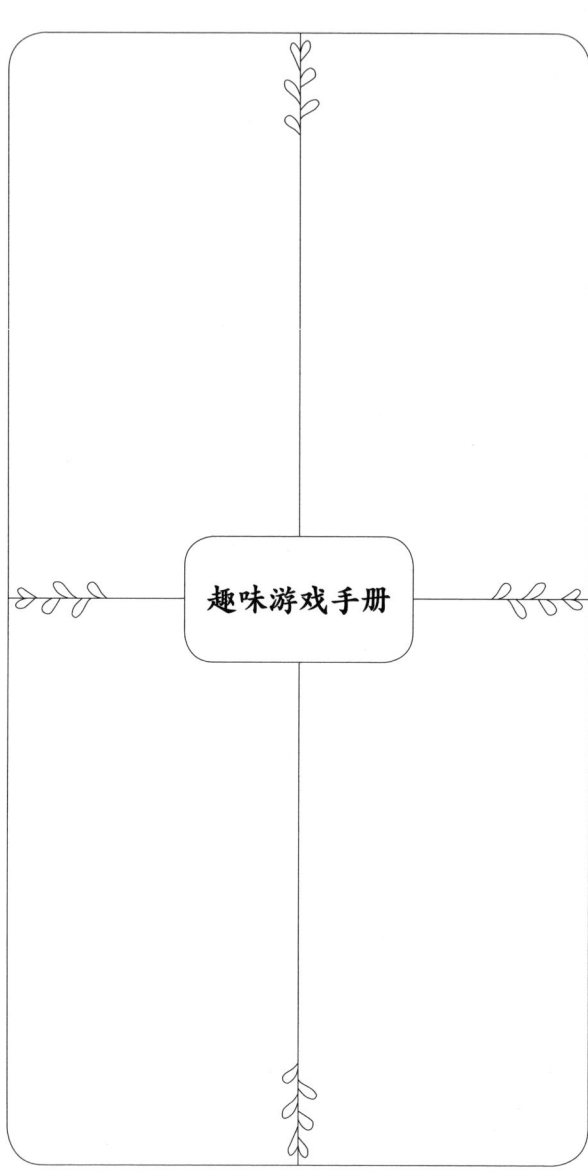

趣味游戏手册

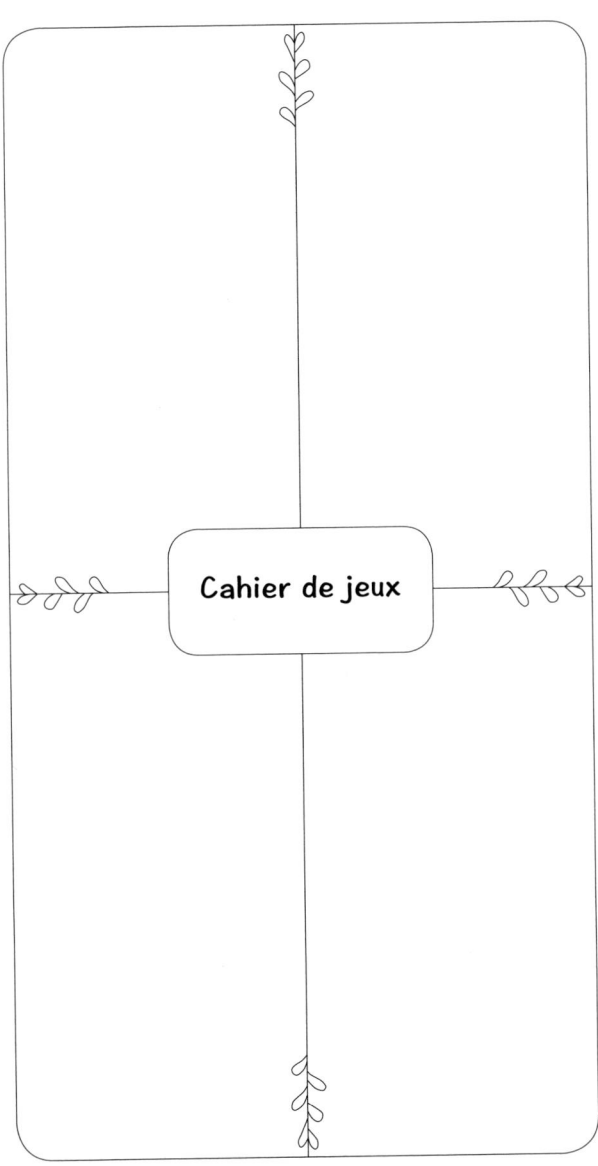

问答题

1. 喀戎的父母是谁?

___

2. 喀戎长什么样?

___

3. 阿耳忒弥斯和阿波罗传授给喀戎什么技艺?

___

4. 众神之饮叫什么?

___

5. 谁是阿斯克勒庇俄斯?

___

6. 阿喀琉斯的父母分别是谁?

___

填空题

*根据您刚读完的故事为这段文字填空。

提示：下划线的数量同缺失词语中的字数一致。

喀戎是 _____ 的儿子。他的母亲水泽仙女菲吕拉被变成了 __ __。这位年轻的半人马遇到了 _____。这位女神和她的弟弟 ____，将平生所学都教给了喀戎。准备就绪后，喀戎决定先回去看他的母亲，然后自立门户。他选择在希腊色萨利地区 ____ 山定居。他将自己的所有时间用来传授技艺。阿喀琉斯是他的弟子，后来启程前往 ____。

_____

对错题

*请指出下列说法是否正确。

1. 喀戎是个半人马,长着马的头部和上半身,还有人的身体。

    对还是错?

2. 阿耳忒弥斯和阿波罗是表兄妹。

    对还是错?

3. 一群半人马想要杀掉国王珀琉斯。

    对还是错?

4. 喀戎的母亲被变成了樱花树。

    对还是错?

5. 阿耳忒弥斯杀了科洛尼斯,因为她为了一个凡人离开了阿波罗。

    对还是错?

6. 阿喀琉斯决定和奥德修斯一起加入特洛伊战争。

    对还是错?

连线题

*将每个角色的名字同你刚读到的故事中的话语相匹配。

阿波罗

你实在太瘦了,瘦得让我担心。去森林深处找些吃的,找一条别的溪流解渴吧。不用害怕,我在这里等着你回来(她仿佛笑了起来)。我是不可能拔出树根逃跑的!

珀琉斯

你觉得我能怎样?我刚知道我的父亲是个渣男,我的母亲被变成了一棵大树。我总不见得为此欢呼雀跃、欢欣鼓舞吧!我在这世上无依无靠。

椴树
(喀戎的母亲)

喀戎,我俩谁能将箭射中我插在那边木桩上的橄榄?

连线题

奥德修斯

她的母亲，海仙女忒提斯……她希望我们的孩子能像她一样拥有不死之身，而不可像我一般只有肉身凡胎。尽管我是密耳弥多涅人的国王，但她仍然不满意。

喀戎

嗯，为了纪念我的发现，我们就叫它"阿喀琉斯草"吧。

阿喀琉斯

我等此番求见阁下，是因为我们即将启程前往特洛伊。我们的任务是解救迈锡尼城的国王阿伽门农的妻子海伦，我们承诺施以援手。

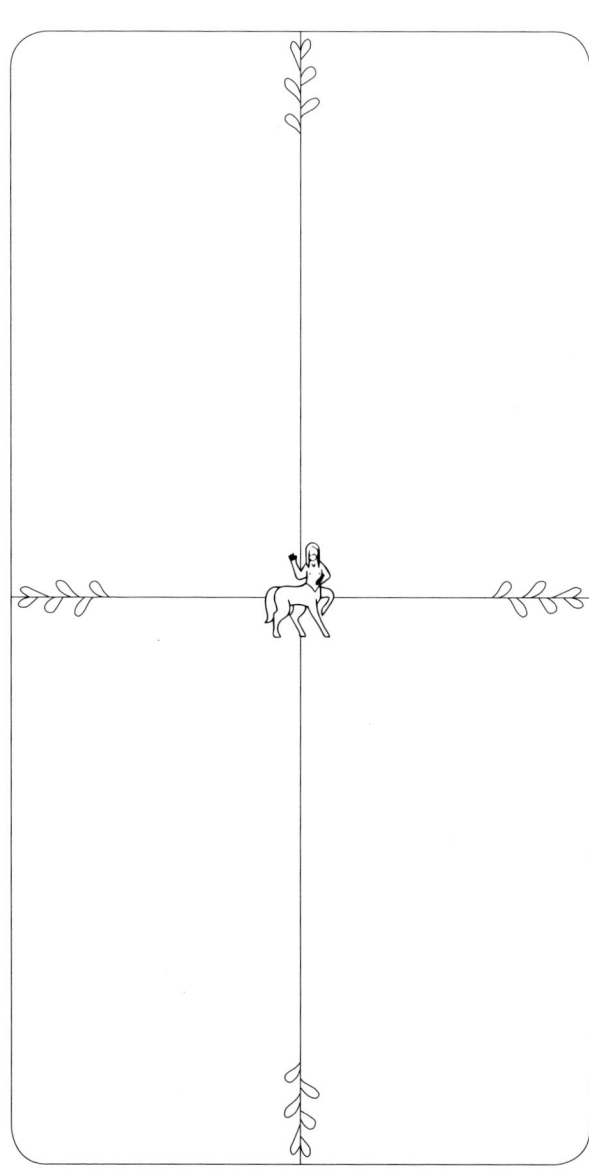

答案

问答题

1. 喀戎的父亲是提坦神克洛诺斯，母亲是宁芙仙女菲吕拉。
2. 喀戎是个半人马，长着人类的头部和上半身，还有马的身体。
3. 阿耳忒弥斯和阿波罗教他识别植物、观察动物、治病救人、拉弓射箭、控制情感、演奏音乐等。
4. 众神之饮名叫琼浆。
5. 阿斯克勒庇俄斯是阿波罗和科洛尼斯的孩子，在喀戎的教导下，成为一位出色的医生。
6. 阿喀琉斯的父母是珀琉斯和忒提斯。

填空题

1. 克洛诺斯
2. 椴树
3. 阿耳忒弥斯
4. 阿波罗
5. 珀利翁
6. 特洛伊

对错题

1. 错。恰恰相反：半人马长着人的头部和上半身，还有马的身体。
2. 错。阿耳忒弥斯和阿波罗是亲兄妹。
3. 对。要不是喀戎救了他的命，珀琉斯可能就死了。
4. 错。喀戎的母亲被变成了椴树。
5. 对。阿耳忒弥斯杀死了科洛尼斯。阿波罗救出了她肚里的孩子阿斯克勒庇俄斯，并把他托付给了喀戎。
6. 对。阿喀琉斯选择跟随奥德修斯加入特洛伊战争，为了荣誉，为了不被后世遗忘，哪怕生命短暂也在所不惜。

连线题

椴树（喀戎的母亲）：“你实在太瘦了，瘦得让我担心。去森林深处找些吃的，找一条别的溪流解渴吧。不用害怕，我在这里等着你回来（她仿佛笑了起来）。我是不可能拔出树根逃跑的！”

喀戎：“你觉得我能怎样？我刚知道我的父亲是个渣男，我的母亲被变成了一棵大树。我总不见得为此欢呼雀跃、欢欣鼓舞吧！我在这世上无依无靠。”

阿波罗：“喀戎，我俩谁能将箭射中我插在那边木桩上的橄榄？”

珀琉斯：“她的母亲，海仙女忒提斯……她希望我们的孩子能像她一样拥有不死之身，而不可像我一般只有肉身凡胎。尽管我是密耳弥多涅人的国王，但她仍然不满意。”

阿喀琉斯：“嗯，为了纪念我的发现，我们就叫它‘阿喀琉斯草’吧。”

奥德修斯：“我等此番求见阁下，是因为我们即将启程前往特洛伊。我们的任务是解救迈锡尼城的国王阿伽门农的妻子海伦，我们承诺施以援手。”

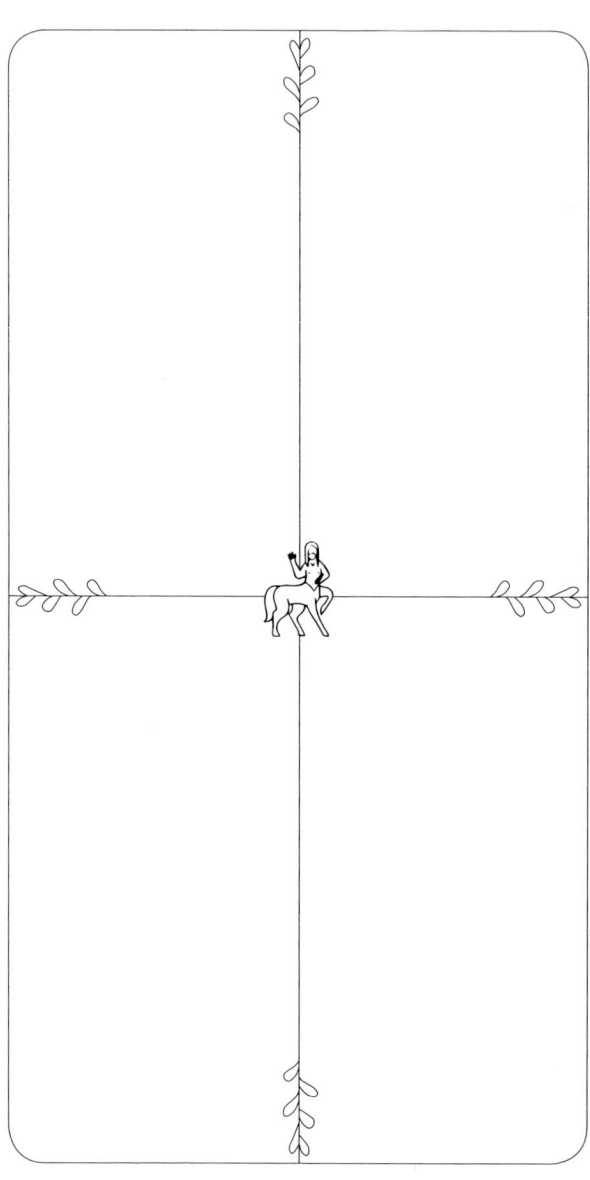

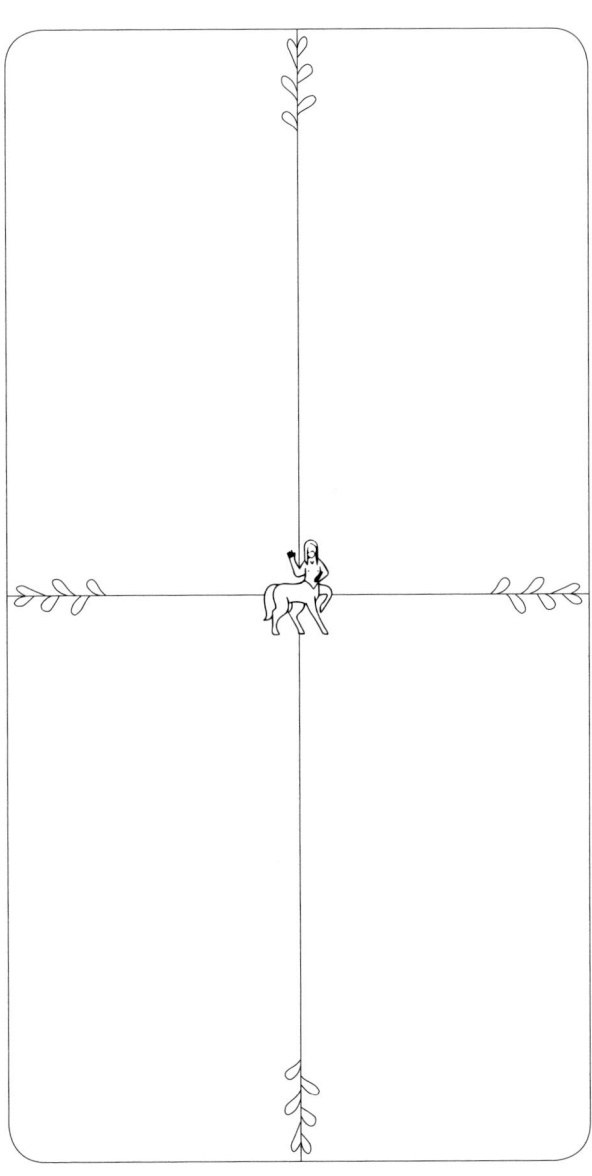

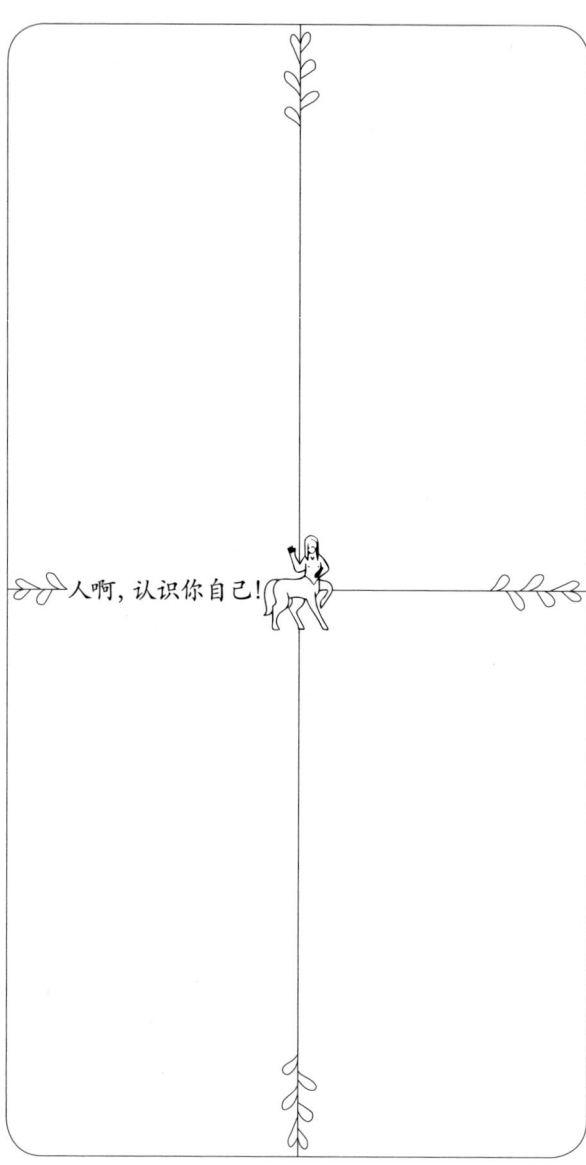